KB119005

그날 당신이 내게 말을 걸어서

# 그날 당신이 내게 말을 걸어서

허은실 지음

위즈덤하우스

이렇게 말을 걸어도 될까요

말의 얼굴을 물끄러미 바라봅니다.

단어의 고유한 목소리를, 말들끼리의 울림을 듣습니다.

단어에게도 타고난 운명이랄지, 태어나고 자라온 생애 같은 것이 있다는 생각을 합니다. 이것을 이것으로 부르기로 한 사람들의 첫 마음을 상상하고, 그 말의 뿌리와 태생적 배경을 떠올려보고, 혈통과 성격, 내력과 이력, 그 말이 겪어온 시간들, 그와 더불어 살아온 사람들을 상상합니다.

사전 속에 갇힌 말을 잠시나마 자유롭게 해주고 싶었는지도 모릅니다. 말(word)은 곧 세계(world)이기에, 말을 다르게 사유하는 것은 나의 세계를 조금이나마 넓히는 일이기도 했습니다. 대상을 새롭게 불러보고, 다른 표현을 발명해보는 일. 그것은 말과 그 말이 지시하는 대상에 대한 사랑 때문에 간신히 가능해지는 일이란 것을 언제나 새로 깨닫습니다.

오래 응시하고
깊이 관계하고
끝내 사랑을 포기하지 않을 때.
사랑은 언어를 발명합니다.

다른 이들의 말에 빚졌습니다. 많게는 책에서 만난 문장들이지만, 더러는 당신이 지나가듯 한 말들, 곁에 늘 놓여 있던 사물과 풍경들. '또', '그냥', '아름답다' '저물다' 같은 단어들을 처음 발음하는 아이를 보면서도 그랬습니다. 처음 만난 낱말의 뜻을 묻는 아이에게 그걸 설명하느라 이렇게 저렇게 애써보다가 잘 알고 있다고 오해한 단어들의 다른 면들, 낯선 표정을 발견하기도 했습니다.

그러니까 그들 모두가 제게 말을 걸었기 때문이지요. 그러니 이 책은 그에 대한 나의 서투른 대답이기도 합니다. 책 속의 문장들 역시 당신에게 말을 걸기를 바랍니다. 그것이 그저 '저기요'라든지 '있잖아요'처럼 소매를 붙잡는 정도의 내용 없는 말 건넴일지라도. 인연은 자주 그렇게 시작되니까요.

그 말걸이 당신이 쓰고 싶은 글에, 당신이 시작한 사랑에, 그리고 당신의 삶에 영감을 준다면, 기쁘겠습니다. 기뻐서 어쩌면 기쁨에 관한 글을 또 쓸 것입니다.

단어를 시인의 언어로 새롭게 정의하는 방향으로 이 책을 엮어보자는, 두렵고도 설레는 제안을 해주고 세심히 다듬어준 위즈덤하우스 이지은 에디터, 시적이고자 한 말이 사적으로 혹은 주관적으로 기울려 할 때 저울추 역할을 해준 김일영 시인, 그리고 날개 삼을 근사한 말들을 선물해준 '든든' 김민정 시인에게는 따로 감사의 인사를 덧붙이고 싶습니다.

이 모든 것이 그렇게 시작되었습니다.
그날 당신이 내게 말을 걸어서.

2019년 2월

허은실

# 1부 · **사랑**  사랑은 언어를 발명한다

# 4부 · **발견** 기울이면 말을 걸어오는

## 5부 · 시간  지금 붉지 않다 하여도

1부

사랑

사랑은 언어를 발명한다

# 스침

: 두 세계의 가장자리가, 중심에서 가장 먼 곳이 서로 닿은 듯 닿을 듯

오래된 레코드 가게로 오르는 계단.

여자는 내려오고, 남자는 올라갑니다.

계단이 좁아 남자가 비켜섭니다.

두 사람의 왼쪽이, 서로의 옆얼굴이 스칩니다.

아마 그게 세 번째였죠.

그때 그들의 옷이 닿았던가요.


영화 「접속」에서 가장 인상적인 장면 중 하나,

그렇게 두 사람이 스치는 몇 번의 순간들이었습니다.

스침에 관해서라면 이 영화를 또 빼놓을 수 없습니다.

홀로 저녁을 먹기 위해 국수를 사러 가는 리첸이 차우를 스쳐갈 때

카메라는 찰나를 잠시 영원 쪽으로 옮겨놓는 것 같았지요.

바로 「화양연화」 얘기입니다.

공기는 이와 이 사이를 스치며 음을 만들어냅니다.
단어 자체에 그런 치찰음이 둘이나 들어 있어서일까요.
스치다, 라고 천천히 발음하면
바람이 보리밭이나 댓잎을 지나는 소리, 혹은
한밤에 연필이 종이를 가만가만 스치는 소리가 납니다.

스친다는 건 두 세계의 가장자리가,
중심에서 가장 먼 곳이 서로 닿는 것.
아니 어쩌면, 닿을 듯 말 듯 하는 그 상태가 스침의 본질이겠죠.
스치는 것들에서는 그래서
아슬한 안타까움과 관능이 동시에 느껴지고
스쳐간 사랑은 그래서
덧없기도 하지만, 더없이 간절해지기도 합니다.
스침과 스밈, 인연은 그 사이의 일인 것 같습니다.

# 설렘

"약속한 남자를 기다리는 밤은
빗소리나 바람 소리에도 문득 가슴이 철렁 내려앉는다."

헤이안 시대 세이쇼나곤이란 여성 작가가 쓴 수필
「설렘 – 가슴 두근거리는 것」에 나오는 이야기입니다.

철렁, 내려앉거나 출렁, 흔들리는 것.
일렁이거나 살랑이는 마음.
가만히 한자리에 있지 못하고 서성거리거나 두근거리는 일.
첫 데이트에 입고 나갈 옷을 고르는 스무 살의 마음.
설렘은 그런 것이죠.

첫 꽃을 내보내기 직전의 봄산도 그럴 겁니다.

남해나 통영쯤…… 남쪽 바다를 지나온 바람도 그럴 테지요.

설렘은 또 누군가를 마중 나가 있는 마음 같은 것은 아닐까요.
그가 탄 버스가 모퉁이를 돌아올 때나
좋아하는 작가의 책을 주문해놓고 기다릴 때처럼 말입니다.

새해 첫날이 되어도, 생일이나 크리스마스가 되어도,
또는 비행기가 이륙할 때도……
더 이상은 설레지 않을지 모릅니다.
그래도 새로이 설레는 것들이
살면서 서너 개쯤은 늘 있었으면 합니다.
설렘이라는 감정만큼
살아 있다는 실감을 강렬하게 느끼게 해주는 것은 없으니까요.
그러니 나 자신이 누군가에게 설레는 사람이라면 얼마나 좋을까요.

말을 걸다 : 떨리는 마음을 수줍게 건네보는 것

잎사귀가 흔들리는 건
바람이 나무에게 말을 걸었기 때문입니다.
햇살은 무뚝뚝한 창문에게 말을 걸고
나무와 바람과 햇빛과 창문,
그들이 주고받는 대화가 거실 바닥에 그림자로 어룽댑니다.

구월 늦은 오후의 일렁임.
그 눈부시고 환한 대화를 가만히 듣고 있으면
그 또한 말을 걸어오는 것 같아서
속에서도 다른 언어들이 기척을 냅니다.

꽃의 향기, 물결의 속살거림, 고양이의 눈빛……
다 말을 걸어오고 있는 건지도 모릅니다.

그런데 말을 왜 하필 '건다'라고 하는 걸까요.

어디에 거는 것일까요.

그들은 말을 걸어오는데 우리가 알아듣지 못해서

미끄러지거나 떨어져버리는 건 아닐까요.


'연애'라고 할 때의 사모할 연(戀),

가운데에 말씀 언(言)이 들어가 있네요.

사모하고 그리워하는 일이란

마음(心)에서 끊임없이 솟아나는 말(言)들을

이러저리 잇고(糸) 꿰매어(糸) 보는 것에 다름 아니란 뜻일까요.


사랑도 말을 거는 것.

떨리는 마음을 수줍게 건네보는 것에서 시작하지 않았던가요.

그날 당신이 내게 말을 걸어서

어쩌면 가난한 사랑에 생을 걸고 목숨을 걸어서.

손을
잡
다

: 체온을 흘려보내어 서로에게 진통제가 되어주는 일

연애의 시작을 상징하는 일이

손을 잡는 것이 된 데는 신경생리학적 이유가 있었던 걸까요?


연인의 손을 잡아주는 것만으로

통증을 완화하는 효과가 있다는 연구 결과가

최근 미국 국립과학원 회보에 실렸습니다.

미국의 대학 연구팀이 남녀 커플 22쌍을 대상으로 한 실험으로

여성이 통증을 느낄 때 연인이 손을 잡아주면

두 사람의 호흡과 심장박동이 비슷해지면서

안정을 찾아갔다고 합니다.

뇌파의 패턴도 같아지면서 고통이 진정됐다고 하네요.

물론, 잡고 있던 손을 놓으면 뇌파의 동조가 사라졌고요.

특히 여성이 어느 정도의 통증을 느끼고 있을 거라고 생각하는지
그 상상 치를 남성에게 적도록 했더니
남성이 커플 여성의 고통에 더 많이 공감할수록
둘 사이의 뇌파 공조가 더 잘 이루어졌다고 합니다.

연구진은 이 실험 결과를
"신체 접촉에 의한 통각 상실증"이라고 표현했습니다.
그러니까 '고통을 나누면 반이 된다'라는 말의
신경생리학적 버전이라고나 할까요.

대신 아플 수는 없지만, 같이 아플 수는 있겠지요.
손쓸 수 없게 되어버린 상황일지라도
손으로 할 수 있는 일만은 남아 있다는 것,
손과 손을 연결해서 흘려보내주는 체온이 진통제가 된다는 사실.
그게 왜 이렇게 묘한 위안이나 구원처럼 느껴지는 걸까요.
사람이 하나의 섬이라면
그 섬과 섬을 연결해주는 교각은 바로 맞잡은 손일 겁니다.

끌
어
당
김

봄은 냉이꽃을 낳습니다.
봄은 박새를 낳고 냇물을 낳고,
가지마다 연둣빛 잎들을 슬어놓습니다.
삼월은 대지의 산달입니다.

따지고 보면 그건 달이 지구를 당기고 있어서죠.
달의 인력 때문에 지구가 안정적인 자전축을 유지한 채
태양 주위를 돌 수 있고, 그래서 다시 봄입니다.
바다가 갈라지는 기적도 사실은 달이 지구를 끌어당기기 때문.
달이 지구 주위를 돌게 된 것부터가 애당초 지구의 중력 때문이었죠.

냉이꽃은 박새를 끌어당기고 박새는 냇물을 끌어당깁니다.
원자와 원자, 별과 별도 서로 끌어당깁니다.

우리가 속한 은하와

여기서 250만 광년이나 떨어져 있는 안드로메다 은하도

초속 100킬로미터 이상의 속도로

서로를 향해 돌진하고 있다고 하죠.


존재는 끌어당깁니다.

그 끝이 충돌과 파국일지라도.


물체가 모양을 갖추는 것도, 지구가 둥근 이유도

우주 공간에서 물질이 흩어지지 않는 것도

모든 것들이 서로서로 붙잡고 있어서입니다.

우리가 지금 여기에 있는 것도

오래전 어느 날 우리 부모님이 서로를 끌어당겼기 때문이겠죠.

그리고 어떤 이끌림으로 우리는 이 저녁,

서로의 곁이 된 걸까요.

사랑도
말을 거는 것.

떨리는 마음을
수줍게 건네보는 것에서
시작하지 않았던가요.

그날 당신이
내게 말을 걸어서

어쩌면 가난한 사랑에
생을 걸고
목숨을 걸어서.

온
다,
라
는
말

: 기다림이 전제된, 기다림 때문에 완성되는

"그러니까 그 나이였어······ 시가
나를 찾아왔어. 몰라, 그게 어디서 왔는지,"

파블로 네루다가 쓴 「시詩」의 첫 구절이죠.
그는 시가, 오는 거라고 말합니다.

과수원의 농부들은 꽃이 피는 걸 '꽃이 온다'라고 부릅니다.
염전에서 일하는 염부들도 소금 결정이 생겨나는 순간을
'소금이 온다'라고 표현하죠.
왜 '온다'라는 '동사'를, 동사의 현재형을 쓴 걸까요?

오는 것은, 기다리기 때문에 옵니다.
'온다'라고 말할 때, 거기에는 기다림이 전제되어 있을 때가 많죠.

기다리기 때문에 온다, 라고 표현하고,
기다림 때문에 온다, 라는 말은 완성됩니다.

봄이 오고, 눈이 오고,
시도 소금도, 살구꽃도 사람도…… 오는 것.
거기에서 여기로 와주는 것.
그러니까 그때 오는 건 그냥 오는 게 아닙니다.

정현종 시인도 그래서 「방문객」이란 시에서 썼나봅니다.
사람이 온다는 건 실은 어마어마한 일이라고.
한 사람의 일생이, 부서지기 쉬운 그래서 부서지기도 했을
마음이 오는 거라고요.
당신도 내게 그렇게 와주었군요.

무릎   : 사랑을 위해서만 내어주고 싶은 자리

지름이 한 5센티미터나 될까요.
내가 두 발로 서기도 전, 세상을 탐사하러 나갔던 최초의 발바닥.
중력에 맞서며 이 아름다운 푸른 별과 맞닿았던 동그란 접지면.

몇 번이나 빨간 약을 발랐을까요.
하지만 그 흉터들을 얻고서야 혼자 자전거를 탔습니다.
마당을 나서 골목 너머 좀 더 먼 곳까지 가보았습니다.

내가 제 발로 걷게 된 후, 가장 많이 다쳐 돌아왔던 곳.
어둡게 빛나는 내 상처의 퇴적층.

이제는 자기 존재의 무게를 감당하며
삶의 하중을, 살아온 시간을 받아내고 있습니다.

그래서 이생의 계단에서 먼저 닳아버리고,
먼 데서 오는 비의 기척을 먼저 느끼는
육신의 시린 촉수.


한때 당신은 사랑을 얻기 위해 한쪽 무릎을 바닥에 대었습니다.
한때 당신은 그를 무릎에 누이고 머리칼을 쓰다듬어주었습니다.
훗날 당신은 '내 작은 어린 사람'을 거기 앉혀두고
슬하, 라는 말을 비로소 마음으로 쓸어볼는지도 모릅니다.


사랑을 위해서만 기꺼이 내어주고 싶은 자리,
무릎은 그런 곳입니다.


나라도 나를 안아주어야 할 때 우리는 무릎을 껴안습니다.
내 눈물을 내가 받아주어야 할 때 무릎 위에 얼굴을 묻습니다.
무릎은 그런 곳.
무릎은, 그렇게만 쓰였으면 좋겠습니다.

베트남전이나 제주 4.3 사건.

비극적인 민간인 학살에서 살아남은 생존자 가운데는

아기들이 있습니다.

가장 극단적인 죽음의 현장에서

가장 연약한 존재가 살아남을 수 있었던 이유,

그들을 품에 꺼안고 죽어간 어머니들이 있었기 때문입니다.


1973년 3월 23일,

인도 북부 고페쉬왈 마을 숲에 여성들이 모여듭니다.

영국 테니스 라켓 회사가 라켓용 나무들을 베어 가려고 해서였죠.

결국 이 회사는 여성들의 저항에 무릎을 꿇었습니다.

이들이 나무를 지켜낸 방식, 의외로 단순했습니다.

벌채 표시가 된 나무들을 두 팔로 꺼안고 버텼던 겁니다.

나무를 껴안은 사람.

이 비폭력적 저항은 '칩코 운동'이라고 불렸는데

칩코(chipko)는 힌디어로 '껴안다'란 뜻이죠.


사랑하는 이들은 껴안습니다.

연인들의 포옹은

'당신은 내가 지켜내고 싶은 존재입니다'로

번역되어도 좋을 겁니다.

그러므로 사랑한다면, 지켜야 한다면 껴안을 일.

더구나 우리가 지켜야 할 것들은 대부분 연하고 무르기 때문입니다.

단단한 씨앗 껍질이 껴안고 있는 것들,

새로운 식물로 자라나게 될 배아들이 그런 것처럼요.


위로 역시 우리의 작고 다정한 포옹에 깃듭니다.

우리가 맞댄 심장과 심장 그 사이에.

사 랑 의  언 어  : 그 유일한 감정을 위해 발명된 말

'나는 너를 사랑한다.'

영어 수업 도중, 학생은 I love you를 이렇게 번역합니다.

그러자 영어 선생님이 정정해줍니다.

"'달이 아름답네요' 정도로 옮겨두게. 그걸로도 전해질 걸세."

일본 작가 나쓰메 소세키에 얽힌 유명한 일화라고 하죠.

"달이 아름답네요."

이 표현은 그 후에, 사랑을 고백하는 낭만적인 대사로

일상에서도 많이 쓰이게 됐다고 합니다.

후타바테이 시메이라는 동시대 작가는

같은 말을 '죽어도 좋아'라고 번역했다는 얘기도 있습니다.

"나는 너를 마시멜로 해(I Marshmallow you)."


자체로 달달한 이 대사는
알랭 드 보통의 소설『왜 나는 너를 사랑하는가』에서
주인공이 클로이에게 고백하는 사랑의 말이었죠.


사랑은 언어를 발명합니다.
연인들은 오직 그 사람에 대해서만 쓰이는
별칭과 암호를 만들기도 합니다.


"치료되고 싶지 않아요. 계속 아프고 싶어요."


이건 작은 섬마을 우편배달부 마리오의 고백이었습니다.
사랑에 빠졌을 때 연인들은 종종 시인이 됩니다.
영화「일 포스티노」에서 마리오가 시인이 되어가는 과정과
베아트리체와 사랑에 빠지는 과정은 그래서 교차되는 거겠죠.


'사랑하는 사람의 언어를 배우라.'
아랍 속담이라고 합니다.

# 마중과 배웅

: 먼 길 외로움을 덜어주는, 환대와 동행의 형식

학교 끝나 집에 돌아오는 시간이면
엄마는 버스 정류장이나 골목 어귀로 마중을 나오곤 했습니다.
집에 손님이 올 때 동구 밖까지 나가는 건
우리 오랜 마중의 문화였고요.
그래서 '봄마중', '달마중', '별 마중'에
'마중물' 같은 말도 생겼나봅니다.

"이제 그만 들어가요."
"요 앞까지만요."
애인은 그러고도 조금만 더, 조금만 더 하다가
결국 버스를 몇 대 보내고서야 돌아갑니다.
배웅은 그런 것이죠.
그가 골목을 돌아 나가 더는 보이지 않게 될 때까지 거기 서 있는 것.

골목 끝까지만, 버스정류장까지만…… 그러면서
혼자 갈 길을 조금이라도 더 같이 걸어주는 마음.


우리가 태어날 때 설레며 기다리던 가족들은
나를 마중하고 있던 것.
어느 집 상여가 나갈 때
동네 사람들 모두가 나와서 그 상여를 따르던 건
먼 길을 함께 배웅하던 이별 의식이었죠.


"네가 오후 네 시에 온다면 나는 세 시부터 행복해질 거야."
『어린 왕자』의 이 구절처럼
네가 오기로 한 그곳에,
네가 오기로 한 시간보다 먼저 나가 기다리는 것.
마중은 기다림의 한 형식이자 환대의 적극적인 표현입니다.


삶은 마중과 배웅 사이의 일.
그 환대와 동행의 형식 때문에
인생이 조금은 덜 외로울 수 있는 것인지 모릅니다.

한때 당신은 사랑을 얻기 위해 한쪽 무릎을 바닥에 대었습니다.

한때 당신은 그를 무릎에 누이고 머리칼을 쓰다듬어주었습니다

사랑을 위해서만 기꺼이 내어주고 싶은 자리,

무릎은 그런 곳입니다.

스
미
다
: 서로가 서로에게 번져가는 부드러운 삼투

파도는 바다를 끌고 자꾸만 어디로 가려고 하는 걸까요.
겨우 흰 포말로 사라져버리려고
아득히 멀리서 그렇게 가득히 달려오는 걸까요.
고작 모래에 스며들려고 말입니다.

봄비는 대지의 몸속으로 스며 들어가
풀빛으로 다시 스며 나옵니다.
햇빛은 꽃잎 속으로 스미고
바람은 어린 새의 깃털 속으로 스미고
연두는 분홍 속으로 스며 들어갑니다.
대기에도 봄빛이 스며
보드라운 살결처럼, 부드러운 표정처럼 온화한 느낌입니다.

이제 라일락 향기가 골목골목 스며들겠지요.

봄에는 통정하듯 그렇게 서로가 서로에게 스며듭니다.

그리고 사월의 일곱 시,

저녁의 푸른빛이 암청색 어둠 속으로 스며듭니다.


'스밈'이란 건 마음의 일이기도 해서

가슴에 고독이 스미고, 슬픔이 뼛속 깊이 스며든다고도 하죠.

그리고 당신의 말 한 마디가, 누군가의 미소 한 모금이

마음속으로 깊고 오래 스미기도 합니다.


무엇보다 사람이 사람에게 스미는 일,

그러니까 관계의 삼투만큼 귀하고 즐거운 스밈은 또 없겠지요.

# 들다

사리를 분별해 판단하는 힘이 생기는 걸 '철들다'라고 합니다.
그런데 이런 뜻도 있다네요.
철, 그러니까 계절이 바뀌는 것에 마음이 흔들릴 때면
철이 든 거라고요.
계절이 마음속으로 들어오면 그때부터 철이 드는 거라는 말이겠죠.

그래서 철부지, 말 그대로 철을 모르던 시절엔
계절이 바뀌는 것에도 별 감흥이 없었는지 모르겠습니다.
철이 든다는 건, 어른의 세계로 편입한다는 말이 되기도 합니다.
더 이상 아이가 아니라는 것이죠.

'정들다'는 말도 있죠.
정드는 게 무서운 건

싫었던 것도 껴안고 살게 만들어버리는 것.

'미운 정'이라는 말이 그런 거겠죠.

인생에도 정이 들었나봅니다.

언제일지 모를 그 먼 훗날이 벌써 섭섭하니 말입니다.


만조 무렵 바닷가에 앉아 있으면

어느새 물이 뭍 쪽으로 들어와 안겨 있는 것처럼,

든다는 건 그런 일 같습니다.

모르는 결에 그렇게 스미거나 배어서 내 안에 들어와 있는 것,

그러다 때로 돌이킬 수 없어져버리는 일.

속절없이 또 단풍이 들었군요.

그
리      : 당신은 나에게 결핍돼 있어요
움

'보고 싶어' 혹은 '당신이 그리워요'.

영어로는 I miss you죠.

miss는 뭔가를 놓치다, 라는 뜻.

그러니까 당신을 놓치고, 당신이 부재하기 때문에

그리움의 감정이 생겨납니다.


불어도 비슷한데 좀 더 직접적인 것 같습니다.

'당신이 그립습니다'의 불어 표현(Tu me manques)을 직역하면

'당신은 나에게 부족하다, 결핍돼 있다'라고 하니까요.


더구나 문장의 주어가 우리말이나 영어처럼 '나'가 아닌 '너'라는 점,

그러니까 그리움의 대상이 주어가 된다는 점이 특이한데요.

그리움의 본질적 속성을 그대로 담은 문장구조란 생각이 듭니다.

그리움에 대해서라면 나는 당신에게 의존할 수밖에 없는

수동적 존재, 결핍된 자이기 때문입니다.

당신의 전화, 당신의 대답, 당신의 목소리와 미소……

너에 의해서만 나의 그리움은 경감될 수 있기 때문입니다.

그리워하는 주체는 나이지만,

그리움의 주재자는 당신이기 때문입니다.


셸 실버스타인의 동화『어디로 갔을까, 나의 한쪽은』에서

이가 빠진 동그라미는 어느 날

잃어버린 그 한 조각을 찾으러 길을 나섭니다.

빠진 조각을 찾아서 마침내 완전해진 동그라미는

빨리 굴러갈 수 있게 됩니다.

하지만 그래서 꽃도, 나비도 그냥 지나칠 수밖에 없고

더구나 입이 막혀서 노래도 부를 수 없었지요.

결국 동그라미는 되찾은 조각을 도로 내려놓고 길을 떠납니다.


뭔가 빠져 있는 것 같은 '결여' 혹은 '결락'의 감각,

예술의 근본 조건이죠.

나아가 삶이란 것도 결국 영원한 결여태가 아닐까 싶습니다.

완전한 동그라미로서의 자신이란 끝내 불가능한

그리운 타자일 수밖에 없으니까요.

: 때로 가장 뜨거운 사랑의 언어

"Love, and be silent."
자신을 얼마나 사랑하는지 증명하라는 리어왕 앞에서
코딜리어는 이렇게 혼잣말을 합니다.
사랑하고, 침묵할 뿐.

겨울 숲, 겨울나무의 희고 검은 침묵을 보면
어쩐지 이 대사가 떠오릅니다.
봄내 화사하고, 가으내 화려했던 나무들.
그렇게 뜨겁게 사랑한 후, 다만 침묵할 뿐인 저 나무들.

하지만 나무들이 침묵하고 있다는 건
얼마나 일방적이고 안이한 표현인지요.
가장 혹독한 정월 추위 속에서도

벚나무, 목련 가지 끝이 통통합니다.
여린 꽃눈을 매달고 그것을 지키기 위해
나무는 속으로, 얼마나 뜨거울까요.

그 수억의 '꽃방'을 덥히려고
보일러 돌아가는 소리가 들리는 것 같습니다.
그들은 변함없이 뜨겁고, 여전히 분주합니다.

당신이 사랑을 증명하라면
겨울나무에게로 데려가겠습니다.
그리고 거기 귀를 대보라고 하겠습니다.
어쩌면 이것이 가장 뜨거운 사랑일 테니까요.

# 섭
# 동

: 서로의 중력으로 항로를 바꾸거나 새로운 별을 찾게 하는 힘

행성의 궤도는 보통 타원형을 이룬다고 알고 있죠.
그런데 엄밀하게 타원은 아니라고 합니다.

우리는 태양의 인력만을 생각하지만
다른 행성으로부터도 힘을 받고 있기 때문입니다.
이렇게 행성의 궤도가 다른 천체의 힘에 의해
정상적인 타원에서 어긋나는 것을 '섭동'이라고 합니다.

인공위성의 궤도도 지구 대기와의 마찰이나 지구 중력장,
또 달과 태양 등의 인력으로 섭동을 받고
지구 주위를 공전하는 달도 그건 마찬가지입니다.

별과 별이 서로의 중력에 의해 항로를 바꾸는 섭동.

이 섭동 이론은 새로운 별을 찾아내는 근거가 되기도 했습니다.

천왕성의 섭동을 해석함으로써

천왕성 바깥에 새로운 행성이 있다는 이론을 도출했고,

그렇게 발견한 게 해왕성이죠.


어느 날 내 인생에 들어와서

내 삶의 항로를 변경하고, 궤도를 수정하게 만든 사랑이 있습니다.

관계를 맺고 사는 모든 인연들이

사실은 다 조금씩 서로 끌어당기면서 섭동하고 있는 셈이지요.

별과 별, 사람과 사람만 그럴까요.

오늘 내가 읽는 책은 내게 어떤 섭동을 일으키게 될까요.

당신이 사랑을 증명하라면

겨울나무에게로 데려가겠습니다.

어쩌면 이것이 가장 뜨거운 사랑일 테니까요.

그리고 거기 귀를 대보라고 하겠습니다.

울
림

: 너에게 닿아 서로의 빈 곳이 가득해지는 일

율곡 이이는 문학의 최고 단계를 일컬어서
'선명(善鳴)'이라고 했다지요.
좋을 선, 울 명, '좋은 울림'이라는 뜻이겠죠?

사람의 기가 내는 소리 가운데 뜻을 지니고, 즐거움을 주고,
글로 정착되고, 도리에 합당한 것.
이이는 그런 문학을 '선명'이라 정의했습니다.
한데 좋은 문학은 누군가를 대신해 울어줌으로써
읽는 사람의 마음을 울리기도 하니까
선명을 '선한 울음'이라 해석해도 그리 틀리지 않을 듯합니다.

울림은 어떻게 생겨날까요.
파장이 부딪쳐 닿는 물질이 있어야 하지요.

그러니까 혼자서는 울릴 수 없는 것.

무언가, 누군가와의 접촉을 통해서만 가능한 것이죠.

그리고 또 하나

소리가 울릴 공간, 빈 곳이 있어야 합니다.


문학적 소통의 최고 단계를 흔한 말로 공명이라고 합니다.

'맞울림' 혹은 '서로-울림'인 것이죠.

문학만이 아니라 우정의 최고 단계 역시 선명 혹은 공명 아닐까요.

'선한 울음'을 울어줄 수 있는 사람,

나의 소리에 '좋은 울림'으로 공명하는 사람 말이죠.


하나의 소리는 '울림'으로 음이 되고,

둘 이상의 음들은 '어울림'으로 노래가 됩니다.

'어울리는 사이'라는 것도

둘 사이의 울림이 어여쁜 사이라고 할 수 있지 않을까요.

: 지는 게 이기는 것, 버리는 게 얻는 것, 아끼는 게 낭비하는 것

"상처를 빨리 아물게 하려고 마음을 잔뜩 떼어내다간 서른쯤 됐을
땐 남는 게 없단다. 그럼 새로운 인연에게 내어줄 게 없지."

영화 「콜 미 바이 유어 네임」에서
첫사랑을 떠나보내고 우는 아들에게 아버지는 이렇게 말해줍니다.
아버지의 사려 깊은 조언은 이어지지요.
"그런데 아프기 싫어서 그 모든 감정을 버리겠다고? 그건 너무 큰
낭비야."

첫사랑에 대해서만 적용될 수 있는 조언은 아닐 겁니다.
낭비를 하지 않으려는 선택이 삶 전체에선 더 큰 낭비가 되는 것,
리스크를 따지고 효율을 따지는 일이 가장 바보 같은 짓이 되는 것,
사랑에서는 줄곧 일어나는 일입니다.

사랑은 그런 방정식으로는 풀리지가 않는 문제라는 것을
사랑을 해본 사람은 누구든 알죠.

사랑에는 세상의 관습과 공식을 가뿐히 넘어서는
사랑만의 룰이 있습니다.
지는 게 이기는 것, 버리는 게 얻는 것,
아끼는 게 낭비하는 것, 바쁜 게 게으른 것.
사랑의 불가해한 역설이고 신비죠.
사랑의 전복성이란 그런 특성도 포함하는 말일 겁니다.
그리고 사랑은 이 모든 것을 넘어서고 그 모든 것을 이깁니다.

또 다른 영화에서는 이렇게 노래합니다.
"어떻게 될지 안다 해도 상관없어요(I don't care if I know just where
I will go)."
「라라랜드」 O.S.T. 「City of stars」에 나오는 가사죠.

알면서도 걸어 들어가는 것,
사랑의 숭고함과 위대함은 거기에 있는 게 아닐까요.
게다가 이미 우리는 죽음을 향해 가면서도
오늘의 정원을 가꾸고 있잖아요?

# 반딧불이

: 사랑하다 사라지려고 어둠 속에서 웅크린 불

"동양의 이제는 망해버린 민족의, 이제는 죽어버린 말로는,
반딧불은 사라지는, 사라지는 불이라고 합니다."

일본 작가 이노우에 야스시의
「반딧불」이라는 시에 나오는 구절입니다.

사라지는 불, 반딧불이는 1~2년의 유충 생활에서 깨어난 뒤
고작 열흘, 길어야 보름을 산다고 합니다.
그 보름 동안 그들이 하는 일이란 사랑을 나누는 일.
우리가 잘 알고 있는 시의 구절처럼 사랑하다가 죽어버리는 것이죠.
사랑하다가 사라지는 불,
반딧불이의 삶입니다.

매미는 7일을 삽니다. 길어야 한 달.

하지만 지상에서의 일주일을 위해

지하의 어둠 속에서 지내는 시간은 5년에서 길게는 17년.

그사이 네 번 허물을 벗습니다.


네 번이나 스스로를 벗고 성체가 된 뒤

그들이 하는 일 역시도 오직 사랑을 구하는 일.

우리에게 따가운 소리가

그들에겐 뜨거운 노래라고 생각하면

밖으로는 조금 너그럽고

안으로는 좀 더 치열해지고 싶어집니다.


그리고 생애 한 번쯤, 우리에게도 사랑이 그런 거라면

사랑하다가 사라지는 일이 그저 덧없는 것만은 아닐 것 같습니다.

: 타인을 위해 내 존재를 잠시 중단시킬 수 있는 유일한 사건

"내가 사랑하는 사람이

나에게 말했다

"당신이 필요해요"

그래서

나는 정신을 차리고

길을 걷는다

빗방울까지도 두려워하면서

그것에 맞아 살해되어서는 안 되겠기에."

브레히트의 잘 알려진 시죠,「아침저녁으로 읽기 위하여」*.

사랑하는 자의 태도란 어떤 것이어야 하는가를 생각할 때

먼저 떠오르는 시입니다.

사랑이라는 건 그런 게 아닐까요.

아이가 아플 때 엄마는 아무것도 하지 못하고 아이를 지킵니다.

말 그대로 '곁이 되는' 거죠.

자기를 접어놓는 것, 지켜봐주고 기다려주는 것.

사랑이란 타인을 위해 내 존재를 잠시 중단시킬 수 있는

유일한 사건이니까요.


그러니까 다시, 여우가 어린 왕자에게 해준 이 말을 가져와봅니다.


"너는 그것을 잊어서는 안 돼.

네가 길들인 것은 영원히 네 책임이 되는 거야."


책임을 지는 것.

그건 사랑을 가꾸어갈 때는 물론

피하고 싶은 이별의 절차에서까지 예의를 다하는 태도입니다.

그러기 위해 브레히트의 말처럼 정신을 차리고 있어야 하는 일.

그러니까 자기를 제대로 건사하는 일에서부터

사랑은 시작되어야 하지 않을까요.


• 베르톨트 브레히트 외, 『아침저녁으로 읽기 위하여』, 김남주 옮김, 푸른숲, 2018

## 영원

악마의 거울 조각에 찔려 차가운 아이로 변한 카이는
'눈의 여왕'을 따라갑니다.
여왕은 카이에게 얼음 조각으로 글자를 모두 맞추면
이 세상 전부를 선물하겠다고 약속하죠.
카이는 얼음 조각들을 짜 맞춰 온갖 글자를 만들었지만
아무리 애써도 만들어지지 않는 글자가 있었습니다.

그건 바로 '영원'이라는 글자였습니다.

시간은 영원할까요.
별들이 모두 사라져도 우주는 영원할까요.
태초처럼 어둠만은 영영 남을까요.
어떤 것이 정말로 영원히 영원할까요.

연인들은 영원을 약속하지만,
사실 그건 의지보다는 바람일 경우가 많습니다.
사랑에 빠진 그 순간의 지극한 상태가
영영 끝나지 않았으면 하는 마음인 것이죠.

영원한 것이 없다는 걸 알지만, 우리는 영원을 믿습니다.
삶에서 언뜻 혹은 얼핏 느끼게 되는
영원에의 감각 같은 것 때문이죠.
그런데 그건 너무나 역설적이게도 찰나에 지나가버리고 맙니다.
꽃잎이 떨어지다 공중에서 잠깐 정지하는 어느 한 순간처럼.
춘광사설, '구름 사이로 언뜻 비치는 봄 햇살'처럼.

영원한 것은 없지만, 삶에서 어떤 것들은 영원성을 갖게 됩니다.
그건 대부분 사랑하는 사람과 함께했던 순간인 것 같습니다.
너무 아프거나 너무 아름다운.

영화 「아비정전」에서 아비는
수리첸에게 대뜸 시계를 보라고 하더니, 이렇게 말합니다.
"1960년 4월 16일 오후 세 시, 우리는 1분을 함께했어.
그 1분을 난 영원히 잊지 않을 거야."

자기를 접어놓는 것, 지켜봐주고 기다려주는 것,
사랑이란 타인을 위해 내 존재를 잠시 중단시킬 수 있는 유일한 사건이니까요.

옥상 문을 여는데 머리 위에서 새가 날아갑니다.
얼마 전 콘크리트 처마 밑에 집을 지은 제비입니다.
살금살금 다가가 올려다보니 둥지 안에 머리와 꼬리만 보이네요.
알을 품고 있는 것이었습니다.

포란의 계절입니다.
꽃 진 자리, 초여름 열매들은 씨앗을 품습니다.
사람에게 있어서 포란이란, 꿈을 품는 일이겠죠.

품는다는 건 그러니까 '내일'에 관계하는 일.
생명이란 품고 기다리는 시간을 필요로 하지요.
누군가를 사랑한다는 건 그의 목숨을 품는 일이라 말한다면
지나칠까요.

사람의 일반적인 생애라는 것도 품의 일.

부모의 품을 떠나 연인의 품에 안기고 아이의 품이 되기도 하죠.

사랑 또한 품이 큰 외투 같은 거라서

한 사람을 사랑한다는 건

그의 전체를 품는 일이 되어야 마땅할 겁니다.

그의 흉터와 허물, 그의 가위눌림과 그가 흘린 머리카락까지를.


어떤 새는 알을 더 따뜻하게 품기 위해

제 배의 깃털을 뽑아내기도 합니다.

그래서 생긴 무늬를 '포란반'이라고 부릅니다.

지독히, 혹은 지극히 사랑했던 어떤 영혼들에는

그런 포란반이 남아 있겠지요.


품,

어린 당신이 달려가 뛰어들던 곳.

사랑이 마음껏 울 수 있었던 장소.


사랑이여, 칼을 품지 말고 시를 품어요.

우리의 품이 온기를 잃지 않도록.

돌을 품지 말고 꽃을 품어요.

우리의 품이 향기를 잃지 않도록.

**곁** : 없으면 사무치면서도 닿도록 가까우면 탈이 나는

오늘 당신은 너무 멀군요.
왜 나를 멀리하는 건가요.
다가가도 곁을 주지 않는 당신.
나는 주문처럼 기도처럼 당신을 부릅니다.
—내 곁에 있어줘요.

그러나 알고 있습니다.
사랑을 이유로 늘 닿아 있으려 한다면
우리의 사랑도 그쯤에서 짓무르고 말 거란 사실.

없으면 사무치다가도
닿도록 가까우면 탈이 나는 것.
그러니 곁은 서로의 체온을 느낄 수 있는 만큼의 거리.

그만큼 가까이, 그 정도 멀리.

곁이란 그만큼에서 늘 머무는 사람.

그러니 곁은 공간과 존재를 아우르는 말.


사랑은 곁이 되는 것.

곁을 주고 곁이 되고 곁을 떠나는 것.

어쩌면 이 단순한 경로가 사랑의 행로일 것입니다.

말 : 사랑이 끝내 떠나지 못하는 자리


당신은 그 자리를 떠나지 않았습니다.
수시로 이마를 짚어주고
물수건을 얹어주고
숟가락으로 물을 떠서 마른 입을 적셔주었죠.
내 쪽을 향해 모로 누워 새우잠을 잤습니다.


내 작은 기척에 나보다 먼저 눈 뜨는 사람.
당신은 내 머리맡을 지켰습니다.


거기 간이침대나 등받이 없는 의자에 앉아
좀 어때요—, 이마를 짚어주는 사람.
괜찮을 거예요—, 손을 잡아주는 사람.
아 해봐요—, 미음을 떠 넣어주는 사람.

머리맡에 물수건과 구급약과 미음을 준비해두는 사람.
아니 물수건과 아스피린과 미음이 되는 사람.

맡,
사랑이 끝내 떠나지 못하는 자리.

당신이 아플 때 당신의 머리맡을 지키는 사람이
당신을 아파하는 사람이랍니다.

밑    : 사랑이 끌고 내려가는 심연이자 딛고 오르는 바닥


어떤 사랑하는 사람들은 서로를 너무 사랑하다가
서로의 밑바닥을 보고 맙니다.
그 바닥은 대개 지옥이라서
거기 더 이상 사랑 따위 서식할 리가 없어 보입니다.

사랑하는 어떤 사람들은 서로를 지독히 미워하다가
자신의 밑바닥을 보게 됩니다.
숨겨진 나의 못남과 못됨을,
실은 내가 몰래 먹이를 주며 키워온 괴물을 말이지요.

사랑은 나를 밑으로 끌고 갑니다.
감정의 가장 어두운 심연을 경험하게 된 것도 사랑 때문이었습니다.
사랑만이 나의 밑바닥을 드러내고

부끄러운 바닥을 응시하게 합니다.

그런데 그래서, 괴물이 살고 있는 그곳이 바닥이라서
비로소 위로 올라올 수 있기도 합니다.
그 밑바닥을 딛고 그 탄성으로 말이죠.
그러므로 사랑이란, 밑바닥까지 보여줄 수 있는 관계일 겁니다.
그 바닥을 보고도 이해할 수 있는 관계일 겁니다.

어떤 사랑하는 사람들은 그러다가
서로의 밑을 받쳐주는 사이가 되기도 합니다.
음식의 밑간이나 밑반찬처럼 든든한 바탕이 되어주는 존재.
사랑은 아마도 그렇게 밑에서부터 단단해지는 걸 테고요.

은하나 성운에 있는 가스와 먼지구름에서 그것은 시작됩니다.
성간물질들은 서로를 자신의 중력으로 끌어당기고
그렇게 모인 것들이 응축되어 별은 태어납니다.

은하의 먼지구름처럼 무수한 사람들 사이에서
어떤 사람들은 서로에게 끌려 서로를 당깁니다.
그렇게 시작되는 거죠, 사랑도.

성간물질들이 압축되는 과정에서 에너지가 만들어집니다.
그 에너지로 새롭게 만들어진 별의 온도가 올라가죠.
온도는 계속 높아져서
별의 내부에서 핵반응이 일어날 때까지 가열됩니다.
사랑으로 묶인 두 존재가 열에 들떠 있던 시절처럼요.

온도가 높아지면서 별을 이루는 주요 구성 요소인 수소가 소모되고
그 과정에서 헬륨이 만들어집니다.
이게 우리에겐 빛으로 보이죠.
자신을 소모하면서, 써버리면서 빛이 나는 것.
사랑의 절정도 그때가 아니었을까요.

가벼운 별들은 자신의 중력을 이기지 못하고 천천히 수축합니다.
수축이 끝나면 백색왜성이 되어, 별로서의 생을 마감하지요.
그렇게 식어가면서 왜소해지고 창백해질 수 있는 것.
그러니까 사랑은 변하고, 봄날은 갑니다.

품,
어린 당신이
달려가 뛰어들던 곳,
사랑이 마음껏
울 수 있었던
장소.

누군가를
사랑한다는 건
그의 목숨을
품는 일이라
말한다면
지나칠까요.

## 2부

당신이 있어 가능한 관계

## 다
## 정

누군가 앉았던 철제 의자의 미지근함이
따듯하게 느껴지는 계절입니다.
써늘한 인생의 대기실과 간이역에서
타인이 타인에게 줄 수 있는 최소한의 온기란
그런 정도가 아닐까요.

그런데 같은 체온이라고 해도
내 안에서 흘러나오는 것이 지닌 열을
내가 느낄 때의 감각은 왜 다를까요.
가령 눈에 가득 고였다 흐르는 눈물이라든지
수영을 하고 난 뒤, 귀에 고여 있다가 흘러나오는 물이라든지
그런 것을 내 피부가 느낄 때 말이죠.
그건 따뜻함보다는 뜨뜻함에 더 가깝게 느껴지니까요.

어쩌면 내가 듣는 내 목소리의 이물감과도 비슷한 것일까요.
그런데 그 눈물의 미지근함으로 위로에 가까운 감정을 느꼈다면
그때 당신은 그 정도로 외로웠던 걸까요.

프린터에서 갓 출력된 종이에 손을 대봅니다.
때로는 이런 온열감조차 작은 위로가 될 때가 있습니다.
혹은 감싸 쥔 찻잔의 따스함, 막 빠져나온 이불 속의 따뜻함,
오후 햇살의 따사로움……
그런 것들이 새삼스럽게 다가오는 계절입니다.
그리고 따뜻한 눈빛, 따뜻한 말, 따뜻한 손길……
그런 종류의 따뜻함은 점점 귀해지는 시절이고요.

늦게 돌아올 사람을 위해
아랫목에 밥공기를 넣어두었던 마음처럼
차를 내기 전에 찻잔을 덥혀두는 일처럼
온기를 보존하는 일의 사려 깊은 다정을
다시 생각해보게 되는 이유입니다.

아름다움 : 남의 아픔까지를 앓을 수 있는 능력

아름다운 우리말 중에서도 아름다운 단어는

바로 '아름다움'이라는 말입니다.

이 말을 유의어 사전에서 찾아보면

10여 개의 비슷한 단어가 검색되는데

아름다움의 의미가 그만큼 다양하게 확장될 수 있다는 뜻이겠죠.


아름다움의 어원에 대해서도 여러 가지 설이 있는데

소설가 박상륭 선생은

아름다움이란 "앓음다움"이라고 표현했습니다.

여기서 앓음이란, 아프다란 의미의 '앓다'에서 온 말.

그러니까 아름답다는 '앓은 사람답다'

즉 고통과 아픔으로 괴로워한 사람답다, 이런 의미쯤 되겠죠.

앓는 것, 아픈 것은 통각이 있기 때문입니다.
통각은 생명체가 스스로를 보호하기 위해 갖게 된 방어 감각이죠.
그러니까 아픔을 느끼는 것은
생존하는 데 필요한 본능이기도 합니다.
마음에도 통점이 있습니다.
이 통점을 통해서 우리는 다른 사람의 고통과 슬픔을 느낍니다.

다시 박상률 선생의 표현으로 돌아간나면
타인의 고통을 상상해보고 슬픔에 공감할 수 있는 사람,
남의 아픔까지를 앓을 수 있는 사람이야말로
가장 아름다운 사람일 겁니다.

타인의 고통을 상상하고 공감하는 데도 훈련이 필요하다고 하죠.
"문학은 우리가 아닌, 우리의 것이 아닌 사람들을 위해 슬퍼할 능
력을 길러줍니다."
수전 손택이 『문학은 자유다』에서 한 말입니다.

# 타인
: 생을 다 써도 제대로 이해하기 힘든 미지

"누군가를 비판하고 싶을 때는 이 점을 기억해두는 게 좋을 거다.
세상의 모든 사람이 다 너처럼 유리한 입장에 서 있지는 않다는 것
을."

소설 『위대한 개츠비』의 첫머리는
화자인 닉의 아버지가 어린 시절 해준 이런 충고로 시작되지요.
돌을 주워 들기 전, 우리에겐 좀 더 긴 머뭇거림이 필요합니다.

더구나 인간은 열 길 물속이고, 타인은 언제나 미지여서
진실은 종종 다른 얼굴을 하고 나타나죠.
언제나 그걸 생각합니다.
틀릴 수 있다는 것, 그게 아닐 수 있다는 것.
나의 잘못 앎이 타인에게 치명적 폭력이 될 수도 있다는 것.

"위대한 영이여, 내가 상대방의 모카신을 신고 1마일을 걷기 전에
는 상대방을 판단하지 않도록 지켜주소서."

아메리카 원주민들은 이렇게 기도했다고 하죠.
신발의 겉모양만 보고는 가죽의 두께와 감촉을,
땅을 밟을 때의 느낌을, 뒤꿈치의 물집을 알 수가 없습니다.
하지만 우리의 정신은 나태한 습성이 있어서
늘 쉽게 판단하고 쉽게 단정해버리려고 하죠.
그래서 평생 한 사람을 제대로 아는 것도 쉽지 않은 일입니다.

한 사람도 제대로 이해하지 못하고 가는 삶이란
또 얼마나 가난한 것일까 싶습니다.
그 가난만은 모면해보려고 타인의 모카신을 신어보는 것,
그게 문학을 읽는 일이 아닐까요.
책을 통해 우리는 다른 이의 삶을 상상하고
거기에 자신을 대입해볼 수 있기 때문입니다.

— 이거 좀 들어봐요.

그러더니 전화를 걸어온 사람은 말이 없고,

수화기에서는 낯선 음들이 흘러나옵니다.

음질이 썩 좋지는 않지만 숨소리를 낮추고 귀를 기울입니다.

그 사람도 저쪽에서 그렇게 숨죽이고 있겠지요.

전화기를 스피커에 대고 몇 분을 그렇게요.


그런 통화를 해본 경험이 있으신가요.

어느 날 우연히 듣게 된 음악이 너무 좋아서

내가 듣고 있는 걸 그 사람도 같이 들었으면, 하고

전화를 걸어본 기억.


이건 단지 사랑에 관한 이야기가 아닙니다.

소리 내서 읽어주고 싶은 시를 알게 됐을 때
이어폰을 나눠 끼고 듣고 싶은 노래를 만났을 때
또는 가슴을 뛰게 하는 문장에 밑줄을 그을 때……
그게 너무 좋아서 한밤중에 자는 친구를 깨워본 적이 있다면
그것만으로 삶은 살아볼 만한 게 아닐까요.

꼭 그런 게 아니라도 좋겠죠.
용건 없이도 그냥, 벚꽃이 너무 환해서,
팔월의 구름이 너무 근사해서 사진을 첨부하는 일.

아름다운 것들은 나누고 싶어지지요.
좋아하는 사람들과, 좋은 것을, 같이 느낀다는 것.
이 삶에서 결코 포기하고 싶지 않은 즐거움입니다.

이
해   : 내 몸을 움직여 상대가 서 있는 자리로 옮겨 감

"관찰보다는 애정이, 애정보다는 실천적 연대가,
실천적 연대보다는 입장의 동일함이 더욱 중요합니다.
입장의 동일함, 그것은 관계의 최고 형태입니다."

신영복 선생이 남긴 유명한 말씀이죠.
'관계의 최고 형태가 입장의 동일함'이라는 말은
같은 입장끼리만 이상적인 관계가 될 수 있다는 뜻이 아니라
동일한 입장이 되어보아야
그를 이해할 수 있다는 뜻에 가까울 겁니다.

'입장(立場)'이라는 말.
한자를 풀면 '서 있는 자리'란 뜻이죠.
입장은 처지라는 말과도 같습니다.

'처지' 역시 곳 처(處)에 땅 지(地).
공간의 개념을 포함한 말입니다.
그러니 '너도 내 입장 돼봐'라는 건
내가 선 곳에 너도 서보란 뜻.

그 자리에 서보려면 어떻게 해야 할까요.
내 몸을 움직여서 거기로 가야 하지요.
같은 입장이 되어본다는 말은 그래서
그런 능동성을 이미 포함하고 있는 것 같습니다.

비슷한 말로 영어에서 '이해하다'는 understand죠.
그 사람의 '아래에 서'보는 일.
그래야 비로소 이해할 수 있다는 말.
다르지 않은 것 같습니다.

언제나 그걸 생각합니다.

틀릴 수 있다는 것, 그게 아닐 수 있다는 것.

나의 잘못 앎이 타인에게 치명적 폭력이 될 수도 있다는 것.

울
지
말
아
요 ： 당신의 슬픔이 어서 그치기를 바라요

울지 말아요, 라는 말은 좀 이상합니다.

하지 말아요, 먹지 말아요, 웃지 말아요……

이런 말들과는 확실히 다르지요.


어떤 행동을 하지 못하게 하는 금지의 말이

명령형 어미와 결합됐는데

그게 '울음'에 대한 것일 땐

부정이나 거절이 아니라

왠지 모를 따뜻한 위로를 느끼게 되니까요.

누군가의 토닥임이나 포옹처럼 말입니다.


울지 말아요, 라는 말은 참 이상합니다.

우는 이를 향해 누군가 울지 말아요, 라고 하면

괜히 더 울고 싶어지니까요.
어쩐지 그 말에, 울고 있는 나 자신이
더 서럽게 느껴지기 때문입니다.
하지만 그렇게 흠씬, 울고 나면 훨씬, 괜찮아집니다.

슬픔이 어서 그치기를 바란다는 마음,
당신이 우니까 내 마음이 아프다는 뜻,
당신의 슬픔을 알 것 같아요, 라는 공감,
내가 있으니 이제는 울지 않아도 된다는 말.
'울지 말아요'는 이런 여러 결을 지니고 있으니까요.

「울지 말아요」라는 노래가 그렇게나 많은 건 그래서일까요.
슬픔이나 고통 옆에 놓을 수 있는 인간의 말이란
겨우 그 정도인지도 모르겠습니다.
울지 말아요.
아프지 말아요.

: 간격을 유지하며 서로의 공간을 침범하지 않는 태도

숲에 들어 문득 하늘을 올려다보다
나무들이 하늘을 나눠 쓰고 있는 걸 본 적 있으신가요.

한 나무의 잎들이 다른 나무와 겹쳐지지 않아서
일부러 금을 그어놓은 것처럼 영역이 나뉘어 있는 모습.
그걸 과학자들은 Crown Shyness,
그러니까 '수줍은 꼭대기' 혹은
'꼭대기의 수줍음'이라고 부른다고 합니다.

식물학 용어로는 '수관기피' 또는 '수관쌍방양보'라고 합니다.
서로의 수관(樹冠), 그러니까 머리 부분을 건드리지 않는 현상이죠.
주로 참나뭇과, 소나뭇과 등 몇몇 종에서 볼 수 있는데
나무가 이렇게 일정한 경계를 두고

서로 접촉하지 않는 이유가 궁금해지죠.

정확히 밝혀지진 않았지만

햇빛을 골고루 나누어 가지기 위해서거나

바람에 가지끼리 부딪혀 부러지는 걸 막기 위한 게 아닐까,

추정한다고 합니다.


이유가 뭐든, 종의 생존을 위한 진화의 결과겠지만

'꼭대기의 수줍음'이라는 이 문학적인 말은

여러 가지 시사점을 줍니다.

더 높이 자라기 위해 경쟁하면서도 간격을 유지하고,

가까이 있지만 서로의 공간을 침범하지 않는 태도 같은 것 말이죠.


생각해보세요.

서로 잎이 닿으면 '아, 실례했습니다' 하고 물러서면서

'먼저 쓰세요'라며 하늘을 양보하는 나무들.

그런 수줍은 배려를 상상해보면 절로 웃음이 납니다.

사람의 숲에서야말로, 이런 수줍음을 잃지 말아야 하는 게 아닐까요.

우애수

: 나누어진 '나'를 모두 더했을 때 '너'가 되는 신비 혹은 소울메이트

220과 284, 또는 1184와 1210.

자기 자신을 제외한 약수를 모두 더하면

상대 숫자가 나오는 수들입니다.

이런 수를 '우애수'라고 부른다고 하죠.

우애수에 대해 알게 된 건

『박사가 사랑한 수식』이란 소설을 통해서였습니다.

말 그대로 '우애'가 돈독한 수란 뜻인데요,

차가운 숫자에 이런 다정한 이름을 붙여준 건 누구였을까요.

'220'에게 '284'는 우애수입니다.

당신에게 우애수는 누구인가요?

0을 기준으로 양쪽으로 끝없이 이어지는 숫자는 무한하죠.

우주처럼 광막해서 외로운 '수'의 세계에서

자기를 나누어 그것을 모두 합쳤을 때

상대의 몸이 되는 숫자가 있다는 사실.

얼마나 신비로운지요.

신이 숨겨놓은 아름다운 질서를 발견하는 학문이 수학이라는 것을

이런 때 확인하게 됩니다.


냉정하게 느껴지는 수학의 세계에 우애수가 있다는 것.

왠지 다행스럽게 느껴집니다.

이 비정한 세상에,

그래도 소울메이트가 있다는 것 또한 그렇습니다.

# 슬퍼하다, 아파하다

관계의 악력이 약해지면서 어떤 사람과 자연스럽게 멀어지는 일.
서운하지만 어쩔 수 없는 일입니다.


하지만 눈빛이 식고, 핑계를 대고, 답장하지 않고
밀어내는 손과 물러서는 걸음이 느껴질 때.
그러니까 그가 나를 멀리하는 것을 느낄 때.
참혹한 심정이 되기도 합니다.
'멀어지다'와 '멀리하다'는 실은 그렇게 다르지요.


"슬퍼하는 자는 복이 있나니"
윤동주 시인의 「팔복(八福)」이라는 시에는
마태복음의 저 구절이 여덟 번 반복됩니다.
그런데 왜 '슬픈 자'라고 하지 않고 '슬퍼하는 자'라고 했을까요.

슬픔도 힘이 된다지만, 슬픔은 사실 힘들고 기운 빠지는 일이죠.
하지만 내가 슬플 때 당신이 함께 슬퍼하면
그 슬퍼함은 분명 힘이 됩니다.
내가 아플 때 누군가 같이 아파하면 조금은 더 견딜 만해지고요.

아파하고 슬퍼하는 능력으로 우리는 타인을 연민하고 사랑하고
예술 작품을 창조하고 또 그걸 느끼고
그럼으로써 조금은 더 나은 사람이 됩니다.

슬픈 것과 아픈 것이 밖에서 내게로 오는 것이라면
슬퍼하는 것, 아파하는 것은 슬픔과 아픔 쪽으로
내가 걸어가는 것.
삶에서 아끼지 말아야 할 동사들입니다.

# 이름을 살다

초등학교 입학하고 처음 선생님이 출석을 부를 때
내 이름 근처에 오면 괜히 심장이 뛰곤 했습니다.
그때 나는 처음으로 이 세상에서 '누군가'가 된 것도 같았죠.
혹은 '무엇이 되어라'는 숙제를 받아든 막연한 기분이었달까요.

어느 날엔가는, 술에 잔뜩 취한 그 사람이
말은 없고 그저 몇 번이고 이름만 부릅니다.
실없이 왜 그러냐고, 너무 취했다고 퉁을 주면서도
그 순간만은 세상에서 가장 특별한 사람이 된 것 같던 기분.

그런데 살아갈수록, 그렇게 불리는 일들은 점점 적어집니다.
사회에선 직함으로, 기계 속 작은 나사못 하나로
이름을 잃어가기도 합니다.

때로 우리는 스스로 이름을 지웁니다.

행인1, 행인2.

이름을 숨기고, '지나가는 사람'의 배역을 자처하고는

정말로 지나가버립니다.

슬픔의 곁을, 고통의 자리를.


자기로 산다는 것, 자기가 된다는 것.

그긴 서랍 속에 넣어둔 내 이름표를 자꾸 꺼내 달아줘야만

간신히 가능해지는 일입니다.

익명의 아이디, 슬픔의 구경꾼이 아니라

책임 있는 이웃이자 시민으로 사는 일 역시도요.

내가 있으니

이제는 울지 않아도 된다는 말.

울지 말아요.

슬픔이 어서 그치기를

바란다는 마음,

당신이 우니까

내 마음이 아프다는 뜻.

(　　) : 한 모르는 사람이, 다른 모르는 사람에게 자기의 좋은 것을 주고 싶은
　　　마음


"갑자기 구멍에서 손이 나타났다. (⋯⋯) 내가 담장으로 다가갔을

때, 손은 이미 사라지고 없었고, 그 대신 아주 작고 하얀 양 한 마

리가 그 자리에 놓여 있었다."


시인 네루다가 자서전에서 들려주는 이야기입니다.

어느 날 뒤뜰에 있는데,

담장 판자에 난 구멍에서 작은 손이 나타나더니

색 바랜 양 인형을 놓았다는 겁니다.

어린 네루다는 집으로 뛰어갑니다.

그리고 자신의 보물을 가지고 나와서 아까 그 자리에 놓습니다.


그건 대단한 게 아니었습니다.

벌어지고 송진 묻은 솔방울 하나.

하지만 어린 네루다에게는 소중한 물건이었죠.
손만 볼 수 있었던, 모르는 아이와의 이 작고 말없는 선물 교환이
네루다 시의 원천이었다고 하네요.

가까운 사람과의 친밀감,
물론 중요하죠.
하지만 모르는 사람으로부터 사랑을 느끼는 게
너 대단하고 아름나운 거라고 네루다는 말합니다.
왜냐하면 그런 게 우리 존재의 범위를 넓히기 때문이라고요.

양과 솔방울.
어떻게 보면 너무 평범한데, 하지만 신비한 이야기입니다.
우리가 타인으로부터 받는 환대나 호의에 대한 은유이자
인류의 어떤 가능성에 대한 이야기로도 들립니다.

한 모르는 사람이, 다른 모르는 사람에게
자기의 좋은 것을 주고 싶은 마음.
그러니까 오늘 이 이야기를 하는 것도
내가 알고 있는 아름다운 것을 당신에게도 들려주고 싶어서.

# 사
소
함

: 우리를 한순간 무너뜨리기도, 일으켜 세우기도 하는 작은 것들


어느 날 문득, 떠나간 사람을 떠올리며 울게 된다면
그건 일기에 적었던 굵직한 사건 때문이 아닐 겁니다.


어느 봄날 커피를 사러 뛰어가다 돌아보던 미소,
오른쪽 바깥이 먼저 닳던 구두 뒤축,
눈에 들어갔던 속눈썹 하나…….
기억 창고에 그게 있는 줄도 몰랐던
사소하고 구체적인 장면들.
그 터무니없는 사소함이 우리를 한순간 무너지게 합니다.


그런데 그 별 볼 일 없는 작은 순간들이 또 우리를 살게 합니다.
책상 위에 몰래 놓고 간 메모와 캔커피,
아이가 귀에 넣어주는 보드라운 귓속말,

십일월 늦은 퇴근길에 불어온 한 줄기 바람.

우리의 기분과 옷차림, 약속에 영향을 미치는 건
'북태평양고기압'이라든지 '한랭전선' 같은 큰 말들이 아니라
'오후 한때 소나기'나 '첫눈 가능성' 같은 '오늘의 날씨'입니다.
우리가 운명이라고 느끼는 인생의 커다란 사건들도
사실은 아주 작은 우연들이 이어진 결과이고요.

삶이 기쁨과 슬픔, 양팔로 이루어진 저울이라고 한다면,
그런데 한쪽 저울 위에 덩어리가 큰 슬픔 서너 개가 올라가 있다면,
그것과 수평을 맞추라고 주어지는 건 어떤 걸까요.
자잘하지만 그래서 훨씬 많은 것들,
일상의 사소한 우연과 소소한 기쁨들일 겁니다.

차
한
잔
해
요

: 일상에서 잠깐 비껴 서서 맑고 순한 집중의 시간을 내다

"가을은/ 술보다/ 차 끓이기 좋은 시절……"(시 「무등차(無等茶)」 중)

"가을이 외롭지 않게/ 차를 마신다"(시 「다형(茶兄)」 중)

이렇게나 가을의 차를 사랑했던 사람,

그래서 자신의 호마저도 '다형'으로 지었던 김현승 시인이죠.

이에 화답이라도 하는 것처럼,

스칸디나비아반도의 시인은 노래합니다.

"그게 옳아 좋은 시는

차향이 나야 해."

노르웨이 시인 올라브 하우게(Olav Hauge)의 시

「나는 시를 세 편 갖고 있네」에 나오는 구절입니다.

차향이 나는 시란 어떤 것일까,

가만히 찻잔을 감싸 쥐듯이 이 구절에 생각이 머물게 됩니다.


보일러의 온수가 돌면서 냉골 같던 집을 데우는 것처럼

이 계절에 차를 마신다는 건 그렇게 우리 몸의 혈관을 덥히는 일.

월동 준비를 위해서 자동차에 부동액을 넣는 것처럼

우리 영혼을 위해선 차 맛이 나는 시가 필요한 건지 모르겠습니다.


누군가 '차 한잔 해요'라고 말을 건넬 때,

그 말엔 어깨에 팔을 둘러오는 친구의 다감함 같은 게 실립니다.

찻물을 끓이고 차를 우려낼 때,

그때 우리의 상태는 연필을 깎는 시간의 그것과 닮았습니다.

맑고 순한 집중 같은 것,

그렇게 잠깐 비껴 서는 때가 우리에겐 필요하죠.

말하자면 영혼의 티타임 말입니다.

스윙바이 : 다른 행성의 중력에 도움을 받아 먼 곳까지 더 속도를 내보는 일

파이어니어, 보이저, 카시니-호이겐스, 뉴호라이즌스.
우주 탐사를 위해 인류가 쏘아 올린 탐사선들이죠.
목적지는 조금씩 다르지만 이들이 지나쳐 간 경유지는 다 같습니다.
그곳은 바로 주피터, 목성입니다.

목성은 태양계 행성 중에서 가장 덩치가 큰 별이죠.
탐사선 자체의 연료만으로는 목적지까지 가기 어렵기 때문에
목성을 스쳐가면서 그 중력을 이용해 가속을 얻는다고 합니다.

이런 방식을 '플라이바이' 혹은 '스윙바이'라고 부릅니다.
뉴호라이즌스 호의 경우 이 플라이바이로 목표 기간을 3년 단축해
2015년 7월에 명왕성을 근접 통과했지요.
뉴호라이즌스 호는 2019년 새해 벽두에

태양계 너머 카이퍼 벨트에 있는 소행성

'2014 MU69' 근접 통과에 성공했습니다.

'울티마 툴레(Ultima Thule)'라는 애칭을 얻은 천체죠.

'울티마'는 궁극이라는 뜻,

'툴레'는 중세 문헌과 지도에 그려진

먼 북쪽에 있는 신비의 섬이라고 합니다.

그러니까 알려진 세계의 경계선을 넘은

'세계의 가장 먼 곳'을 뜻하는 거죠.


인간관계라는 것도 그런 것 같습니다.

서로서로 그렇게 타인의 중력에 도움 받으면서

삶이라는 미지를 향해, 세계의 먼 곳을 향해

조금 더 속도를 내보는 거겠죠.

그렇다면 나 역시 누군가에게 그런 행성 같은 사람,

도움닫기 할 수 있는 구름판 같은 존재라면 좋겠습니다.

: 별자리와 무늬와 시와 우리가 되는 낯선 것들의 만남

우리가 시를 읽을 때 자주 느끼게 되는
낯설고 신선한 긴장감, 그건 어디서 오는 걸까요?

많은 경우 그건 이질적인 이미지들,
서로 상관없어 보이는 단어들이 만난 곳입니다.
새로운 의미는 그 연결에 의해 태어납니다.

소설도 다르지 않은가봅니다.
"어떤 이미지가 생각나면 하나하나 연결해봅니다.
그게 이야기의 줄거리가 되지요."
무라카미 하루키의 말입니다.
소설가 김영하 역시
소설은 기본적으로 앞의 한 문장을 쓴 다음에

다음, 그 다음 문장을 계속해서 연결해가는 거라고
말한 적 있습니다.

우주는 하나의 커다란 그물입니다.
그 그물코마다 구슬이 달려 있어서
서로가 서로를 비추면서 빛납니다.
온 세상 모든 존재가 하나로 연결되어 있다는
인드라망의 세계관이죠.

중요한 건 연결입니다.
점과 점을 이어서 점자를 읽는 것처럼
별과 별을 연결해서 별자리를 만드는 것처럼
낯선 타인들의 연결이 만들어내는 무늬, 그게 '시'인지도 모릅니다.
최후의 위로, 궁극의 위안은
누군가와 연결되어 있다는 느낌이 아닐까요.

한 모르는 사람이, 다른 모르는 사람에게
자기의 좋은 것을 주고 싶은 마음.
그러니까 오늘 이 이야기를 하는 것도

내가 알고 있는 **아름다운 것**을
당신에게도 들려주고 싶어서.

거
리 : 감정에 매몰되지 않기 위해, 건강한 관계를 위해 필요한 장치

'거리산생미(距離産生美)'.

혹시 들어본 적 있으신가요.

중국에서 쓰이는 표현인데

'거리가 아름다움을 만든다', 이 정도 뜻이 되겠죠.

우리가 아는 미학 용어에도 '거리 두기'가 있습니다.

문학, 연극, 영화에 주로 쓰이죠.

관객과 등장인물 사이에 의도적으로 거리를 두어서

쉽게 감정이입을 하지 못하게 하는 것을 말합니다.

관객과 등장인물 사이뿐이 아니죠.

감독들이 영화의 주제를 효과적으로 드러내기 위해 채택하는 게

바로 이 '거리'의 방법론입니다.

클로즈업이나 롱숏 등

카메라와 피사체 사이의 거리를 통해

패턴과 리듬을 만들고 인물의 심리나 주제를 표현하는 것입니다.


때로 나와의 거리 두기도 필요하죠.

슬픔이나 원망 같은 격한 감정에 매몰되지 않기 위해서는

나로부터 한 걸음 물러나봐야 합니다.

그래야 쉽게 자기 연민에 빠지지 않습니다.

가족이나 연인과의 단단하고 믿음직한 관계를 위해서도

오히려 거리는 필요합니다.


지금 혹시 누군가에게 클로즈업으로 다가가 있는 건 아닐까요.

거리산생미, 거리가 아름다움을 만듭니다.

# 귀명창

판소리에 귀명창이라는 말이 있죠.

말 그대로 '귀가 명창'이란 의미.

소리를 할 줄은 몰라도

듣고 감상하는 수준이 명창의 경지에 이른 사람을 뜻합니다.

'귀명창이 좋은 소리꾼을 낳는다'는 말이 있는데

그건 독서에서도 마찬가지일 것 같습니다.


좋은 가수가 되기 위한 기본,

잘 듣는 거라고 합니다.

물론 음악을 많이 들어야 한다는 의미도 있겠죠.

그런데 그보다는 노래가 실리는 멜로디나 화음, 악기의 소리,

그리고 무엇보다 자신을 들을 수 있어야 한다는 뜻입니다.

내가 정확한 소리를 내고 있는지, 자기 소리만 유심히 잘 들어도

음치 치료에 실제로 도움이 많이 된다고 하네요.

좋은 성대만큼 귀가 중요하다는 것,
노래나 책에 대해서만 그럴까요.
이때의 좋은 귀는 단순히 청력을 의미하는 게 아니라
들으려는 '태도'일 겁니다.

다가앉고, 눈을 맞추고, 귀를 기울이고,
사려 깊게 맞장구를 쳐주는 것.
그건 다름 아니라 마음을 여는 것이죠.
상대가 들어와 앉을 자리를 내 마음에다가 내주는 것이니까요.

# 터
# 칭

: 손을 빌어 마음을 쓰다듬는 일

배가 아플 때 엄마나 할머니는
손으로 배를 문질러주었습니다.
그런데 정말 손이 약이 될 수도 있는 걸까요?
신기하게도 그러고 좀 있으면 괜찮아지기도 했으니까요.

신생아들을 자주 만져주고 마사지를 해주면
성장이 촉진되고, 정서적으로도 안정된다고 하죠.
알츠하이머 질환을 앓고 있는 노인 역시 포옹을 자주 하면
발성이나 보행 능력이 개선된다는 연구도 있습니다.

심리학자들이 트라우마 치유에서 강조하는 방법도 마찬가지.
가까운 이들이 손을 잡아주거나
어깨를 토닥여주는 거라고 합니다.

이런 스킨십이 실제 효과가 있다면,

그건 손을 빌어 마음을 쓰다듬기 때문일 겁니다.

촉각이 인간에게 먼저 발달한 감각인 것도 그런 이유 아닐까요.


인형이라도 끌어안고 싶었던 날의 외로움.

그리고 타인과 살 닿는 일의 괴로움.

그 사이에서 우리 손이 가장 많이 접촉하는 건

이제 스마트폰이 되어버렸습니다.

웬만한 건 손끝으로 해결하는 '터치'스크린의 시대지만,

우리 체온이 정작 닿아야 할 곳에 손을 사용하는 일엔

인색한 게 아닌지 모르겠습니다.

행운을
빌어
요

: 새로운 이정표 앞에 선 당신에게


'부에나 수에르테(Buena suerte).'


산티아고 순례길이나 스페인어권을 여행할 때

주로 헤어지는 자리에서 일상적으로 하는 인사라고 합니다.

부에나 수에르테, 행운을 빌어요.


'네 잎 클로버를 찾으면 행운이 온다.'

'말의 편자를 주우면 행운이 온다.'

또 행운목이 꽃을 피우면, 복조리를 달면,

2달러를 지갑에 넣고 다니면…….

어느 문화권에나 행운을 상징하는 부적 같은 물건들이 있죠.


"행운을 빌어요."

김애란 작가가 이런 사인을 해준 적이 있습니다.

평범한 것 같은 그 말이 각별하게 다가왔던 기억이 납니다.

그건 작가의 소설 속 인물들이 주로 행운을 품지 못한 존재들,

그래서 행운이라도 빌어주고 싶은 사람들이었기 때문이고

그 책의 제목인 '비행운'도 그런 의미에 가까웠기 때문이었습니다.


'행운을 빌어요'라는 말은

'행복하세요'라든지 '언제 밥 한번 먹어요' 이런 인사보다

조금 더 무겁지만 미더운 느낌도 듭니다.

그건 그 말에 생략된 주어가 '나는'이기 때문일 겁니다.

게다가 우리 삶의 기본값이 '행운 없음'이란 것을

전제하는 말이기도 하니까요.


새로운 이정표 앞에 선 당신께

부에나 수에르테.

관
계
의
온
도

: 시월 오후 세 시쯤의 따뜻함과 산뜻함 정도라면

입고 나갈 옷을 고르다가 날씨 앱을 켜봅니다.
이번 주는 대략 17도에서 21도 사이.
사람이 활동하기 가장 좋은 온도가
18도에서 20도 정도라고 하니까
딱 요즈음 낮에 해당하네요.
1년 중 두 번 찾아오는 이런 짧은 시기,
말하자면 상온의 계절입니다.

초콜릿이 맛있게 녹는 온도는
체온과 비슷한 36도란 얘기가 있더라고요.
또 맥주가 가장 맛있는 온도는 섭씨 10도 정도,
레드와인의 경우는 15도 안팎이라고 합니다.
관계에도 적당한 온도가 있지 않을까요.

'그때 당신은, 왜 그렇게 차가웠습니까?'

헤어진 연인들은 묻곤 합니다.

사랑이 가장 잘 보존될 수 있는 온도는 몇 도일까요.

그런 절대온도란 게 사랑에 있을지는 모르겠습니다만

사랑이 깨지는 건 많은 경우,

두 사람의 마음의 온도가 맞지 않을 때입니다.

그때의 기우뚱한 열렬함 혹은 냉담함은

그러니 그것대로 어쩔 수 없는 일이죠.


딱히 연인 관계에서만 그럴까요.

이상하게 자꾸 어긋나다가 끝난 인연들을 떠올려보면

관계의 온도가 맞지 않았던 경우가 많습니다.


반대로, 부러 연연하고 애쓰지 않아도

마음의 온도가 맞는 사람들이 있죠.

그러니까 시월 오후 세 시쯤의 온도,

그 정도의 따뜻함과 산뜻함을 지닌 사람들.

누군가에게 나 역시 그렇게 느껴진다면 좋을 텐데요.

그 정도의 따뜻함과

산뜻함을 지닌 사람들.

누군가에게 나 역시 그렇게

느껴진다면

좋을 텐데요.

마음의 온도가

맞는 사람들이 있죠.

그러니까

시월 오후 세 시쯤의 온도.

시
간
이

필
요
해
요

: 단축키가 없는 삶에서 일정한 시간을 꼭 통과해야만 할 수 있고,
  알 수 있는 일

어느 봄날, 니코스 카잔차키스는
정원에서 우연히 나비의 고치를 발견합니다.
마침 한쪽에 작은 구멍이 뚫리면서
나비가 막 빠져나오려고 하는 순간이었습니다.

그래서 그는 고치에 대고 입김을 불어줬다고 하죠.
온기를 받아서 나비가 쉽게 나오도록 도와주기 위해서요.

그의 생각대로,
갑자기 따뜻한 기운을 받은 나비는 얼른 고치를 빠져나옵니다.
하지만 나오자마자 그의 손바닥 위에서 죽고 맙니다.
나비가 고치를 천천히 빠져나오는 그 과정도
서서히 세상에 적응해가기 위해서 필요한 시간이었던 거죠.

"처음에는 나한테서 조금 떨어져서 바로 그렇게 풀밭에 앉아 있어.

난 곁눈질로 너를 볼 텐데, 말은 하지 마.

그러나 하루하루 조금씩 가까이 앉아도 돼."

'길들이는 방법'에 대해 어린 왕자에게 여우는 이렇게 말해주죠.


차 한 잔 우려내는 데 한 3분 걸릴까요?

음악 한 곡 듣는 데는 보통 4~5분.

단편소설이나 영화 한 편 보는 데는 두 시간 정도 걸리죠.

물론 여우와 어린 왕자의 경우처럼

사귐에는 훨씬 더 많은 시간이 들고요.

특히나 일정한 시간을 꼭 통과해야만

할 수 있고, 알 수 있는 일들이 있죠.

삶에는 단축키란 게 없는 법이니까요.

"논문의 저자가 단 한 명이라도 문투는 이렇습니다. '우리는……
알 수 있었다.' 과학에서 이런 식으로 자아를 둘러싼 긴장은 엄청
납니다."

천체물리학자 재나 레빈(Janna Levin)의 말처럼
과학 논문의 주어는 '나'가 아닌 '우리'인 경우가 대부분입니다.
이때 우리, 란 말이 껴안는 품은 아주 넓은데
우선 자기 자신,
그리고 같은 연구를 수행한 동료 학자를 지칭할 수 있겠죠.
나아가 그 논문을 읽고 있는 사람,
더 넓게는 인류 전체를 아우르기도 합니다.

거기엔 겸손이 깔려 있습니다.

내가 아니어도 누군가가 발견하고 밝혀냈을 거라는 겸허,
업적을 이룬 과학자 자신을 내세우지 않는 태도죠.


우리, 라는 말의 다른 용례를 우리는 잘 알고 있습니다.
'우리 이러면 어떨까요?', '우리 학교', '우리 동네'처럼
친밀감, 소속감, 연대감을 표현할 때 말입니다.
하지만 그 연대가 적대로 돌변할 수 있는 게
이 '우리'라는 말의 특징이죠.
'우리끼리'라는 말처럼
울타리를 치고 누군가를 배제할 때 말입니다.
'우리'라는 대명사는 아마도 가축이나 짐승을 가두는 '우리',
그리고 울타리의 '울'과 그 뿌리가 같을 테니까요.


공동체를 중시한 풍토 때문인지
우리는 유난히도 '우리'란 말을 즐겨 씁니다.
그것이 행여 차별과 배제를 위한 우리는 아닌지
늘 경계할 일입니다.

# 선 긋기

: 짓기 위한 기초, 존중을 위한 기본, 나를 지키는 기술

초등학교에 입학해서 한글을 배우기 전 먼저 했던 것,

기억하시나요?

선 긋기였습니다.

손 근육이 완전하게 발달하지 않은 아이들의 악력을 키워주고

더 쉽고 곧게 글씨를 쓰게 하기 위해 필요하다고 합니다.

미술학원에 가도 처음에 지겹도록 하는 일,

그림의 기본 역시 선 긋기라고 하고요.

건축의 제도 작업에서도 그건 마찬가지라고 합니다.

그러니까 집을 짓는 일의 처음도 실은 선 긋기인 셈이죠.

인생엔 또 다른 선 긋기가 필요하지요.

책상을 같이 쓸 때 가운데 그어놓았던 게 어쩌면 처음이었을까요.

타인의 영역에 대해서 넘어가지 말아야 할 선,

그 선을 지키는 것은 상대에 대한 존중과 예의의 기본일 겁니다.


삶의 태도이자 기술로서의 선 긋기는 또 있습니다.

적절한 타이밍에 정확하게 선을 긋지 못하고

우물쭈물하다가 이럴 줄 알았지, 싶은 경험들 얼마나 많은지요.


일에 대해서든 사람에 대해서든 거절을 잘하는 것.

때로는 떠들썩한 무리들로부터 물러나

자신을 선 밖에 세워둘 줄도 아는 것.

무엇보다 중요한, 나를 지키는 방법으로서의 선 긋기가 아닐까요.

# 완벽

: '더'보다는 '덜', '가득'보다는 '빈 듯'

고대 중국에는 '계영배(戒盈杯)'라는 술잔이 있었다지요.
술이 일정한 한도에 차오르면 저절로 새어나가도록 만든 잔으로
가득함과 넘침을 경계하기 위해 빚은 지혜일 겁니다.

꽃은 약간 덜 핀 봉오리,
과일은 살짝 덜 익은 걸 고르는 게 현명하죠.
만개한 꽃은 이내 시들고
완숙한 과일은 물러버리고 맙니다.

"세력을 다 쓰지 마라. 복을 다 받지 마라.
법을 다 행하지 마라. 좋은 말을 다 하지 마라."
중국 송나라 때 법연이라는 선사가 남긴 네 가지 가르침입니다.

말을 너무 많이 하고 돌아오는 길,
오히려 마음이 공허하고 헛헛했던 적 있지 않으신가요.
술자리에서의 대화건 친구와의 수다건
마지막 한 마디는 아껴두는 편이 후회가 덜합니다.
그건 글을 쓸 때도 마찬가지인 것 같습니다.

빈틈이 없어 보이는 사람은 오히려 매력이 덜하죠.
언제나, 넘치는 것보다는
조금 부족한 듯한 느낌이 더 좋습니다.
완벽함이란, 더할 것이 없을 때가 아니라
더 뺄 것이 없는 상태라고 한 생텍쥐페리의 말처럼요.

지
는

능
력

: 마음을 단단하게 해주는 자존의 근력


"남에게 다가가 다정하게 기대는 능력."

헤르만 헤세의 『수레바퀴 아래서』에 나오는 표현입니다.


주인공 한스가 어머니 없이 엄격하게 자라서

그런 면에서 위축되었다는 걸 말하는 대목이지요.

그런데 남에게 다가가 다정하게 기대는 것,

그런 것도 능력이라고 할 수 있는 걸까요.


연인이든 새로 사귀는 친구든

먼저 다가가서 말을 걸면, 뭔가 지는 것 같은 느낌이 들 때가 있죠.

그럼에도 '보고 싶다'고 먼저 말하는 것, '차 한잔 해요' 손 내미는 것,

자존심 세우지 않는 것, 져도 되는 것.

그런 것 같습니다. 그것도 능력입니다.

후회하는 능력, 후회한다고 말할 수 있는 능력은 어떤가요.

그건 자신의 실패나 오류를 인정하는 능력이죠.

무엇보다 자기 스스로를 속이지 않는 것이기 때문에

건강한 능력입니다.


관대함도 능력 같습니다.

그건 자존감의 지표가 되기도 하죠.

무너지는 능력, No라고 말하는 능력,

No란 대답에도 훼손되지 않을 능력.

또 훼손되면 어때, 하는 마음의 강단도 능력입니다.

그리고 이런 능력들도 근육처럼 자꾸 사용할수록

강해지는 거겠죠.

일에 대해서든 사람에 대해서든,
거절을 잘하는 것.

때로는
떠들썩한 무리들로부터 벗어나
자신을 선 밖에 세워둘 줄도 아는 것.

무엇보다 중요한,
나를 지키는 방법으로서의
선 긋기가 아닐까요.

## 3부

살아가면서 몸에 배었으면 하는

# 태도

낭
만     : 거짓말이라는 걸 알면서도 그 속으로 기꺼이 입장하는 태도


누군가 칠판에 분필로 주욱, 선을 그어놓은 것처럼
알 수 없는 커다란 손이 하늘에 긴 획을 긋고 갔습니다.
그 신비로운 흰 띠가 점점 희미해져서 마침내 보이지 않을 때까지
고개가 아프도록 하늘을 올려다보고는 했습니다.


안타까움이었을까요, 동경이었을까요.
사라짐을 바라보는 그 행위에는
아름다운 것의 소멸을 대하는,
유한자로서의 원초적 감정 같은 게 서려 있었습니다.
조금 더 자라서 그게 비행운이라는 걸 알게 됐고
더 커서는 더 잘 배우게 되었죠.
비행기 연료가 연소되는 과정에서 만들어진 수증기가
배기가스에 섞여 배출되면서 냉각돼 생긴

얼음 알갱이들일 뿐이란 사실을요.

저물녘 노을도 그랬습니다.
햇빛이, 더 정확히는 가시광선 중 파장이 긴 붉은색이
대기층의 먼지와 수증기에 부딪치면서
생기는 현상이라는 것 말입니다.

제 몸을 소진하며 타오르는 것이 별이 빛나는 이유라는 사실,
잎이 광합성을 포기하기 때문에 단풍이 든다는 원리,
다 마찬가지였죠.
하지만 그런 '사실'도
아름다움을 느끼는 우리의 '마음'을 침해하지 못합니다.

오히려 우리에게 조금 더 필요한 건
사실들 속에서 더 많은 아름다움을 발견하고
환상과 낭만을 발명하려는 노력입니다.
또한 그게 거짓말이라는 걸 알면서도
그 속으로 기꺼이 입장하는 일 역시도요.

사람들은 종종 묻습니다.

언제 가장 행복하시나요?

어떻게 하면 행복해질까요?


인터넷 검색창에 '행복 지수'라는 검색어를 넣어봅니다.

오늘 하루에만도 수십 개의 기사가 창을 메웁니다.

왜 행복이어야 할까요?


결혼하는 사람들에게 우린 '행복하세요'라고 의례적으로 인사하지요.

'행복하길 바랍니다'가 아닌 '행복하세요',

축복이라기보다 당위를 부과하는 말에 가까운 건지도 모릅니다.

역시 일종의 행복 강박이랄까요.

그런데 삶이 어쩔 수 없이 예측 불가능하고

점점 더 불안해지는 거라면,

우리에게 더 절실한 건 행복보다는 다행함이 아닐까요?

다행이다, 라고 할 때의 전제는 무언가가 불안하고 걱정스럽다는 것.

그것이 사라져서 안도하는 감정이 바로 다행스러움이니까요.

그러니 불행 중 다행,

이 말이야말로 삶의 본질 그 자체인 것 같습니다.


게다가 '다행'이라는 말을 들여다보세요.

행운 또는 행복이 많다는 뜻이잖아요?

똑같은 행복에 매달리다 불행해지기보단

소소한 다행함을 자주 느끼며 살 때

그때 비로소 우리는 행복해지는 건지도 모릅니다.

부
끄
러
움

: 감정으로 느낄 뿐 아니라 이성으로 '알아야' 하는 양심의 영역

얼굴이 잘 빨개지는 아이였습니다.

별것도 아닌 일에 얼굴이 달아오르고, 그런 나 자신이 의식되고

그것이 부끄러워져 더 빨개지곤 했죠.

수줍음 많은 소녀들은 귓불이 자주 붉어집니다.

부끄러운 일이 떠오를 땐 우리 역시 혼자도 얼굴이 붉어지지요.

하루가 저물려고 할 때는 그래서

하늘도 한 번씩 붉어지곤 하는 걸까요.

울고 난 눈은 빨개집니다.

마음이 찡할 때 코끝도 빨개지지요.

빨개진다는 건, 잘 살아 있다는 신호입니다.

니체는 인간을 "붉은 뺨을 가진 짐승"이라고 표현했습니다.
얼굴이 빨개진다는 것, 부끄러움을 안다는 건
사람이 동물과 다른 점입니다.
맹자도 그래서 부끄러움을 느낄 줄 아는 '수오지심'을
사람의 본성에서 우러나오는 네 가지 마음 중 하나라고 했죠.

그런데 부끄러움에 대해서 우리는
'느낀다'뿐 아니라 '안다'라는 서술어를 붙입니다.
연민이든 기쁨이든, 슬픔이든 노여움이든
다 '느낀다'고 표현하는데
왜 부끄러움에는 '안다'라는 동사가 따라올까요.
부끄러움이 단순히 수줍음을 의미하는
정서나 감정의 영역만이 아니라
양심과 이성의 관할이기 때문은 아닐까요?
양심의 센서가 무뎌지지 않도록
늘 신경을 써야 한다는 뜻이기도 하고요.

점점 더 부끄러움을 모르는 세상에서 당신만은
얼굴이 자주 빨개지는 사람이기를 바랍니다.

# 이퀄라이징

: 자신에게 맞는 '최적'을 찾는 노력

높은 산에 올라가거나 비행기를 탈 때,

아니면 반대로 깊은 물속으로 다이빙해 들어갔을 때

귀가 먹먹해지면서 불편하거나 아픈 경험, 누구나 있을 겁니다.


기압 변화로 인한 몸 안밖의 압력 차 때문인데

이럴 땐 코를 막고 숨을 강하게 밖으로 불거나

침을 몇 번 삼키면 되죠.

이렇게 압력 평형을 이루는 방법을 이퀄라이징이라고 합니다.


그런데 마음의 귀가 먹먹히 아플 땐 어떻게 하시는지요.

생활의 압력이나 직장 스트레스 같은 바깥 세계의 외압 때문이든,

내면에서 나 스스로를 옥죄거나 짓누르는 내압 때문이든 말입니다.

스웨덴 사람들의 라이프스타일 '라곰(Lagom)'에서 배우는 것도

방법이 될 것 같습니다.

'딱 알맞은 양', '적당히' 정도의 뜻을 가진 단어라고 하죠.

이 라곰에서 중요한 가치는 '최고', '최선'이 아니라

'최적'이라고 합니다.

최고나 최선은 단일한 기준을 상정하지만

최적의 상태라는 건 개인마다 다르죠.

우리가 행복감을 느끼지 못하는 건 대부분

자신만의 최적을 외면하고

타인의 최선, 세상의 최고를 쫓기 때문이 아닐까요.

원래 음향 용어인 이퀄라이징은

메인 볼륨에서 조정되지 못한 음을

각자의 취향에 맞는 음색으로 미세하게 변형해서 듣는 것을

말한다고 합니다.

그러니까 삶에서의 이퀄라이징 역시 비슷하겠죠.

내가 어떤 음색을 좋아하고,

언제 감정의 라곰을 느끼는지를 먼저 아는 것 말입니다.

미
완 : 완성을 상정하지 않은 어떤 '다함'의 상태

카프카의 장편 『성』과 『소송』, 로베르트 무질의 『특성 없는 남자』
그리고 도스토옙스키의 『카라마조프 가의 형제들』.
모두 작가의 대표작인 동시에 미완성작입니다.

슈베르트의 교향곡 8번은
유작이 아닌데도 '미완성교향곡'이란 이름으로 더 유명하죠.
비틀스의 「애비 로드(Abbey Road)」 앨범에 실린
「You never give me your money」,
미완성곡 세 곡을 모은 이 노래는
팝 역사상 가장 아름다운 미완성의 완성입니다.

그런데 이런 미완성작들뿐 아니라, 따지고 보면
우리가 만나는 작품들 모두 미완일 수밖에 없는 것 같습니다.

예술엔 정해진 완성본이나 정답이 없으니까요.

바둑이 인생에 자주 비유되는 이유 중 하나도
완성이 없기 때문은 아닐까요.
아무리 실력이 늘어도 최종 단계가 없다는 것.
그건 가능성일까요, 한계일까요.
다만 미완에 매료되어본 사람의 자유로움,
완성을 상정하지 않는 어떤 '다함'에 대해 생각해볼 뿐입니다.

"양식적으로는 미완성이지만, 내용적으로는 결코 미완이 아니다."
슈베르트의 미완성교향곡에 대한 브람스의 이 말이,
어쩌면 끝내 미완일 우리 삶에도 힌트가 될지 모르겠습니다.

부끄러움에 대해서
우리는
'느낀다'뿐 아니라
'안다'라는 서술어를
붙입니다.

부끄러움이 단순히
수줍음을 의미하는
정서나 감정의 영역만이 아니라
양심과 이성의 관할이기 때문은
아닐까요?

# 버
## 티
### 기

: 인생이라는 체력장에서 가장 중요한 운동신경

지금도 그런지 모르겠습니다.

고3 체력장 종목 중에 매달리기가 있었죠.

철봉에 턱을 올려놓고 오래 매달려 있는 것으로 점수를 내는

어떻게 보면 참 단순하고 무식한 운동.

그런데 인생이 그 체력장의 순간에서 정지된 채

계속 이어지는 것만 같단 생각이 들 때가 있습니다.

차가운 철봉 하나에 턱을 올려놓고

얼굴이 시뻘건 채 부들부들 떨면서도

'1초만 더, 1초만 더' 이를 악물고 매달려 있는 일.

그게 이 세속에서의 하루하루가 아닌가 싶어지는 것이죠.

갈수록 그런 생각이 듭니다.

삶은 한 판 뒤집기보다는 버티기에 가까운 게 아닌가.

삶에서 가장 큰 재능,

인생이라는 체력장에서 제일 중요한 운동신경이라는 건

어쩌면 그저 단순하게 버티는 능력일지도 모르겠다고요.


세상의 속도, 타인의 모멸, 세계의 허위를 견디면서

동시에 거기 오염되어가는 나를, 나의 허위와 가면을 견디는 일,

그래서 결국은 내가 나 자신을 견뎌야만 하는 것.

열여덟, 열아홉 살의 그날,

내가 내 체중을 감당하고 매달려 있어야 했던 그 순간처럼요.

뭔가를 쓰고 있는 사람의 모습은 아름답습니다.

골똘해져서 한쪽으로 15도쯤 기울어진 고개라든지
아주 소중한 무엇처럼 펜을 꼭 쥐고 있는 손이라든지.
또는, 어떤 의도와 욕망도 담고 있지 않은 것 같은 순수한 무표정.
쓰는 것에 집중한 사람에겐 함부로 침해하기 어려운
어떤 기운 같은 게 있습니다.

어떤 일에 애를 쓰는 이의 모습은 안쓰럽습니다.
뒤집힌 채 버둥거리는 거북이거나
떠나간 마음을 되돌리려는 사람이거나.
그 애씀의 결과가 빤해 보일 땐 더욱더 그렇죠.

글을 쓴다는 것도 실은 모두, 어떤 종류의 '애씀'입니다.
거북등처럼 삶을 짊어진 우린 모두
어쩔 수 없는 시시포스의 후예이고요.

'마음 씀씀이'라는 말을 하곤 하죠.
인간은 몸을 써서 노동을 하고
마음을 써서 관계를 성숙하게 만들어갑니다.

애를 쓰고, 신경을 쓰고, 마음도 쓰라고 있는 것.
그렇다면 아끼지 말고 다 쓰고 갈 일입니다.

회
복
탄
력
성
: 기분을 바꿔 기운을 차릴 수 있는 힘

"지금까지 많은 실패와 좌절을 맛보았습니다.
벽에 부딪혔을 때 '기분을 바꿀 수 있는 힘'은
인생에서 가장 중요한 능력인 것 같습니다."

영화 「태풍이 지나가고」 홍보차 한국에 왔던
배우 아베 히로시가 인터뷰에서 했던 말인데요,
정말 그런 것 같죠?

'회복 탄력성'이라고도 하죠.
깊은 좌절이나 우울 상황에서
스트레스를 이겨내고 다시 일상으로, 제자리로 돌아오는 힘.
그래서 자기를 지켜내는 힘.
어떤 식으로 키우고 계신가요.

숲이나 바다에 가는 것, 대청소나 목욕을 하는 것,
꽃을 사는 것, 달달한 것을 먹는 것.
그 무엇이라도 좋을 겁니다.
기분을 바꾸고 기운을 차릴 수 있는 방법을
하나씩 가지는 일이야말로
이런 시대에 정말 필요한 생존 전략이 아닐까 싶습니다.
그리하여 너무 오래 아프지 말 것, 상처에 얽매이지 말 것.

반대로 세상 가장 슬픈 음악을 듣는 것도 방법일 겁니다.
영화 제목을 살짝 빌자면
태풍이 왔을 때 이 악물고 버티기보단
태풍을 핑계로 맘껏 실컷 울어버리는 것.
진짜 강한 사람은, 오히려 그런 사람인지도 모릅니다.
읍소, 읍참마속…… 이럴 때 쓰는 울 읍(泣)이라는 한자가 있죠.
물 수(水)에 설 립(立),
울어야 비로소 일어설 수 있다는 뜻이 아닐까요.

"내가 정말로 하고 싶었던 일은 사람들에게 웃음으로 위안을 주는
것이었다. 유머는 아스피린처럼 아픔을 달래준다."

미국 작가 커트 보니것이
유작인 『나라 없는 사람』에 남긴 말입니다.
이 책에서 그는
2차 세계대전 당시 드레스덴 위로 폭탄이 쏟아질 때,
지하실에 숨어서도 농담으로 위안을 얻었던 일을 회상합니다.

비슷한 얘기가 『건지 감자껍질 파이 북클럽』에도 나오죠.
두들버그란 폭탄을 소재로 그린 만화를 보며 웃었던 일을
편지에 쓰면서 주인공 줄리엣은 이렇게 말합니다.

"견딜 수 없는 것을 견뎌내는 최선의 방법은 유머'라는 옛말이
역시 틀리지 않네요."

'유머'라는 단어의 라틴어 어원은
'체액'이나 '수액' 혹은 '흐르다'란 뜻을 가졌다고 합니다.
실제로 유머는 상황을 유연하게 흐르게 만드는
삶의 윤활유 같은 것이죠.
그렇다면 거꾸로, 유머에 인색한 사람은
삶에서도 윤기 혹은 물기가 부족하다고 할 수 있지 않을까요.

인간이라는 사실이 좋아지는 순간 중 하나는
악의 없는 유머를 나눌 때입니다.
삶의 마지막 순간에도 잃고 싶지 않은 한 가지가 있다면
그것 역시 유머입니다.

# 딴짓
: 유턴할 수 없는 인생에서 할 수 있는 작은 일탈

눈은 칠판이나 선생님을 보고 있지만
생각은 하늘 어디쯤 혼자만의 세계에 빠져 있는 아이.
기억의 필름을 돌려서 학창 시절의 교실로 가보면
그런 '어린 나'가 있습니다.

"사람들이 쓴 시가 어떻게 될지 생각해본 적이 있나요?
누구한테도 보여주지 않은 시는 어떻게 될까요?"
그림책 작가 숀 탠의 「멀리서 온 비」란 작품에 나오는 문장인데요.
이런 생각도 해봅니다.
그 시절 우리들이 했던 딴생각들은 다 어디로 가 무엇이 되었을까.
우리가 했던 딴생각들만 모아놓은 저장소가 있다면
얼마나 재미있을까요.

딴 길, 딴짓, 딴생각……

그런 무수한 딴것들의 유혹과 싸우면서 사는 게 삶이기도 하지요.

그때, 딴생각과 딴짓을 더 밀어붙여 딴 길로 갔다면 어땠을까.

딴사람이 되었을 나를 상상해보기도 합니다.


우린 늘 '다른 것'을 욕망하고

인생에 극적인 전환점이 생기길 기대합니다.

그런데 어차피, 이제 와서

직업을 바꾼다거나 인생 전체를 유턴할 수 없다면

작은 영역들에서 자주 일탈을 해보는 것도 나쁘지 않을 것 같습니다.


옆길로 새보고, 곁길로 빠져보고

즐거운 딴짓들을 자꾸 해보는 거죠.

브레히트의 말처럼 그런 작은 "예외가 관습을 수정"합니다.

삶은 한 판 뒤집기보다는 버티기에 가까운 게 아닌가.
세상의 속도, 타인의 모멸, 세계의 허위를 견디면서
동시에 거기 오염되어가는 나를, 나의 허위와 가면을 견디는 일,
그래서 결국은 내가 나 자신을 견뎌야만 하는 것.

# 불
# 시
# 착

: 노을 쪽으로 문득 차를 돌리는 일

라디오에서 흘러나오는 음악 때문일 수도

모르는 새 달라진 공기의 질감 때문일 수도 있겠죠.

당신은 갑자기 핸들을 꺾습니다.

늘 다니던 길을 벗어납니다.

그리고 노을 쪽으로 차를 돌립니다.

때로는 그 서쪽이, 그리운 사람이 사는 쪽이었던 적도 있었지요.


버스를 타고 가다가

내려야 할 곳이 아닌 데서 갑자기 벨을 눌러 내려본 건

언제였을까요.

방금 스쳐간 표지판에 쓰여 있던 어떤 지명 혹은 이정표,

그것 때문에 목적지가 아닌 곳에 내려보는 것.

잠깐의 불시착을 허용해본 것 말이지요.

"단 한 번 궤도를 이탈함으로써 두 번 다시 궤도에 진입하지 못할
지라도 캄캄한 하늘에 획을 긋는 별, 그 똥, 짧지만, 그래도 획을
그을 수 있는, 포기한 자 그래서 이탈한 자가 문득 자유롭다는 것
을."(김중식, 「이탈한 자가 문득」*)


가령 이런 시를 필사하던 시절로부터
지금 우리는 얼마나 멀리 와 있는 걸까요.


자기가 자기를 답습하다가 스스로가 지겨워질 때
그래서 스스로가 폐곡선이 되어 있을 때
문득 핸들을 꺾는 어떤 저녁.
가을날 한 번쯤은 그렇게
어느 강변에라도 앉아봐야 할 텐데요.


• 김중식, 『황금빛 모서리』, 문학과지성사, 1993

"길거리에서 이 조그만 책을 열어본 후 겨우 그 처음 몇 줄을 읽다 말고는 다시 접어 가슴에 꼭 껴안은 채 마침내 아무도 없는 곳에 가서 정신없이 읽기 위하여 나의 방에까지 한걸음에 달려가던 그 날 저녁으로 나는 되돌아가고 싶다."

너무나 유명한 서문이죠,
장 그르니에의 『섬』에 붙인 카뮈의 글.
서문은 이렇게 마무리됩니다.

"나는 아무런 회한도 없이, 부러워한다. 오늘 처음으로 이 『섬』을 열어보게 되는 저 낯 모르는 젊은 사람을 뜨거운 마음으로 부러워한다."

이런 종류의 설렘과 두근거림이 있죠.

너무나 좋아하는 뮤지션의 새 노래를 듣고 싶어서

그게 차 안이든 내 방이든, 혼자만의 공간으로 달려갈 때.

기다리던 작가의 새 작품이 궁금해서 택배가 오기만 기다릴 때.


요즘엔 '덕질'이라고 부르죠.

그게 연예인이든 책이든, 또는 연필 한 자루가 됐든

어딘가에 꽂혀서 열정과 시간을 쓸 수 있는 것.

그런 대상을 갖는 일은 한편, 행운인 것 같습니다.


순수하게 탐닉할 수 있는 한 가지쯤 갖고 살 것!

생존에 꼭 필요하지 않더라도 '향유'할 수 있는 무언가가 많을수록

삶은 풍요로워지니까요.

오늘 처음 뭔가를 열어보게 되는 누군가를 저 또한 부러워합니다.

# 선
# 선
# 함

: 인생에서 지니고 싶은 진짜 쿨함

구름은 또 높이높이 이야기를 짓고,

그림자는 오랜만에 본 열세 살 아이처럼 길어지고,

그을린 얼굴 위로는 비로소 선선한 바람 한 줄이 지나갑니다.

그러면 누군가는 다시

폭풍우에도 쓰러지지 않은 나무 백일홍과

장난처럼 끝난 절망을,

뜨겁고 지독했던 사랑의 붉은 자리를 떠올려보겠죠.

그러니까 이성복 시인의 「그 여름의 끝」 같은 시를 말이죠.

그 지독했던 폭염 뒤에도 용서처럼 불어오는 바람 속에

사람의 선선함에 대해 생각해보게 됩니다.

선선한 눈빛, 선선한 대답, 선선한 돌아섬.

사람도 인생의 '처서'쯤이 되면

너무 얽매이지 않고 질척이지 않고

순순하고 선선한 마음이 될 수 있을까요.

선선히 내주고 선선히 웃고 선선히 사랑하고

계산 없이 선선하게 잘한다는 것.

그런 거야말로 인생에서 지니고 싶은 진짜 쿨함이 아닐까요.


그런데 그거 아셨나요.

선선한 바람 시(颸), 라는 한자가 있다는 거요.

바람 풍(風)에다 생각 사(思)가 붙어 이루어진 글자입니다.

선선한 바람이 불면 괜히 누군가가 생각나게 되기 때문일까요.

7년을 기다려온 매미는 제 울음을 다 울고 갔을까.

그렇게 선선히 떠나는 존재들에 대해 또 생각해봅니다.

다
음
: 첫 획을 망쳐도 보완할 수 있는 삶의 미학

"붓글씨를 쓸 때 한 획(劃)의 실수는 그다음 획으로 감싸고, 한 자(字)의 실수는 그다음 자 또는 다음다음 자로 보완합니다. 마찬가지로 한 행(行)의 결함은 다음 행의 배려로 고칩니다. 이렇게 하여 얻어진 한 폭의 서예 작품은 실수와 보상과 결함과 사과로 점철되어 있습니다."

신영복 선생이 말씀하신 '서도 관계론'의 내용입니다.
'書道', 글씨에도 도가 있으며 그 핵심은 관계성이란 뜻이죠.
그러니까 단순히 글자를 또박또박 잘 쓰는 것보다
화선지 위에 글자를 어떻게 배치할지
균형과 조화를 생각하는 게 더 중요하다는 이야기입니다.
그래서 주위를 파악하고 인지하는 능력이나
타인들과 조화롭게 살아가는 능력,

그런 걸 연습하는 데도 서예가 도움이 된다고 합니다.

그런데 여기서 정작 위안을 받은 대목은 따로 있습니다.
첫 획을 망쳐도 괜찮다는 것.
애초 생각했던 것보다 각도가 틀어지거나 너무 굵게 됐더라도
앞선 획의 결함은 다음 획으로 보완하면 된다고 하니까요.
그러니까 다음에 더 잘하면 된다는 것 말이지요.

실수와 결함 들이 서로 기대고 손잡고 지탱해줌으로써
만들어지는 구조물로서의 삶.
인간이라는 장르의 미학이란 그런 게 아닐까요.

# 그
# 래
# 도

: 최후까지 스스로를 추스를 수 있는 내면의 힘

그런 날이 있지요.

버스는 눈앞에서 떠나버리고, 우산은 어디다 두고 내리고,

자동차는 웅덩이에 고인 물을 나한테 튀기고 가버립니다.

이놈의 휴대폰은 또 어디 들어가 있는 걸까요.

그런 때가 있지요.

무엇도 자신이 없고, 나 자신이 형편없게 느껴지고

모든 사람이 날 싫어하고, 내게서 등 돌리는 것 같은 때.

작은 일에도 쉽게 상처받고 그러는 자신이 또다시 싫어질 때.

도대체 나란 인간은 왜 이렇게 생겨먹은 걸까요.

그럴 때, 그래도 기댈 것 한 가지가 있다면 그건 어떤 걸까요.

함석헌 선생이 시(「그 사람을 가졌는가」)로 썼듯이

"온 세상 다 나를 버려
마음이 외로울 때에도
'저 맘이야' 하고 믿어지는
그 사람"
그 사람을 여러분도 가졌는지요.

그게 단 한 사람이어도 좋겠지만 그마저 없을 때
자신을 최후까지 지켜주는 건 결국
자긍심, 자존감이 아닐까 싶습니다.
'그래도, 그래도…… 당신이 모르는 게 내겐 있어'
하면서 스스로를 추스를 수 있는 내면의 힘.

그렇다면 그건 어떻게 만들어놓아야 하는 걸까요.
묵묵히 책을 읽는 일,
가장 듬직한 '그래도'가 되어주지 않을까요.
혹은 삶이라는 미궁, 미로를 빠져나오게 해줄
아리아드네의 빨간 실 같은 것 말입니다.

순수하게 탐닉할 수 있는 한 가지쯤 갖고 살 것! 생존에 꼭 필요하

않더라도 '향유'할 수 있는 무언가가 많을수록 삶은 풍요로워지니까요.

**홀로** : 소요로부터 물러나 고요해짐으로써 나로 돌아오는 순간

"혼자 있는 그 순간을 그가 얼마나 기다렸는지, 오죽하면 혼자 지하철을 타고 있을 때가 하루 중 최고의 시간이라고 생각했었는지 말이다."

줌파 라히리의 단편 「머물지 않은 방」 속 한 구절입니다.
문장은 이렇게 이어집니다.
"아무리 짧은 시간이고, 그조차 점점 줄어든다 해도 사람을 제정신으로 지켜주는 건 결국 혼자 있는 시간이라는 사실이."

택견에는 '홀새김'이라는 단어가 있다고 합니다.
'홀로 새기다', 그러니까 두 사람이 대결하기 전
혼자 수없이 되새기며 연습하는 개인 수련 단계라고 하네요.

릴케가 『젊은 시인에게 보내는 편지』에서
누누이 강조하는 건 고독입니다.
"꼭 필요한 것은 다만 이것, 고독, 즉 위대한 내면의 고독뿐입니다. 자신의 내면으로 걸어 들어가 몇 시간이고 아무도 만나지 않는 것."

황동규 시인은 이런 고독을 "홀로움"이라는 말로 표현했습니다.
홀로 옮, 또는 홀로 외로움이 아니라
반대로 홀로 즐거움에 가까운 말,
시인의 말로는 "환해진 외로움"이라고 합니다.

소요로부터 물러나 고요해지는 시간,
외로움이 환해지는 순간.
그때 어떤 계시나 예감처럼
사물들은 말을 걸어오기도 합니다.

그러니 홀새김과 홀로움은
수련인이나 시인에게만 필요한 게 아닙니다.
사람을 제정신으로 지켜주는 건 결국
혼자 있는 시간이라고 하니까요.

리
추
얼 : 매일을 리뉴얼하는 작은 습관


커튼을 내리고 문을 다 닫습니다.

전화 코드를 뽑고 음악도 끕니다.

비누로 손을 깨끗이 씻은 뒤 책상 앞에 앉습니다.

눈을 감고 심호흡을 합니다.

그리고 비로소 펜을 듭니다.


천양희 시인의 시 쓰는 습관이라고 합니다.

시인으로 산 지 50여 년, 아직도 이 규칙을 지킨다고 합니다.

바깥을 차단하고 스스로를 가두는 행위,

오로지 시하고만 관계하겠다는 의식인 거겠지요.


그가 잿빛 코트에 지팡이를 쥐고 집 밖으로 나오면

이웃들은 3시 30분이 된 걸 알아챕니다.

하루도 산책을 거르지 않았던 이마누엘 칸트 얘기죠.

데이비드 린치 감독에게 그건

매일 두 번 하는 20분간의 명상이라고 합니다.


일상 속에서 의식처럼 행하는 규칙적인 일, 리추얼이라고 하죠.

삶의 운율을 만들어가는 일.

예술가도 종교인도 아니지만 우리에게도 리추얼은

스스로를 다스리는 방법이 되어줄 것 같습니다.

삶을 리뉴얼할 수 있는 작은 습관이기도 할 테고요.

누군가에게 그건 백팔배이고, 누군가에겐 봉지 커피 한 잔,

너무나 바쁜 사람이라면 '게으름'이 리추얼이 될 수도 있지 않을까요.

: 하찮은 기쁨거리가 모여 커다란 불행에 대응하는 힘

"머지않아 죽을 걸 안다 해도, 벚꽃이 예쁜 건 예쁜 거제.
예쁜 걸 있는 그대로 예쁘다고 생각할 수 있는 건
고마운 일인 기라."

만화『바닷마을 다이어리』에서 나왔던 말이죠.
죽음을 앞두고 벚꽃 구경을 간
괭이갈매기 식당 아주머니 이야기 말입니다.
삶이 얼마 안 남았지만 아름다운 걸 아름답다고 느낄 수 있다는 것,
그 단순한 일이 사실은 얼마나 귀하고 고마운 건지 모르겠습니다.

우리 삶에서 불행은 대부분 덩치가 큽니다.
이별이나 배신, 죽음, 폭력…… 그런 것들이요.
하지만 불공평하게도

거기 대응할 만큼 크게 기쁜 일은 별로 없는 것 같습니다.
어떻게 균형을 찾아야 할까요.


"나는 아주 하찮은 일에서 느껴지는 기쁨을 좋아한다. 이것은 어려
운 일에 닥쳤을 때 나를 지탱해주는 원천과도 같은 존재이다."
오스카 와일드의 말입니다.


세상은 점점 망가져가는 것 같은데
자연은 무심해서 아름답습니다.
햇살 받은 나무들은 낯설 만큼 환하고요.
단풍과 낙엽이 그리는 만추의 풍경은 올해도 여전한데
아름다운 것들 아름답다고 느끼며 살고 있나 돌아보게 됩니다.


아마 더 혹독한 날들이 오겠지요.
좋은 거, 즐거운 거, 하찮은 기쁨거리……
더 많이 찾아서 모아야겠습니다.
일상을 지탱하고 인생을 지속하게 해주는 건
그런 소소한 감동이니까요.

: 정해진 일상에 특별한 리듬을 부여하는 일

매일 아침 6시 10분에서 30분 사이에 일어나서 출근해

버스를 운전합니다.

일이 끝나면 돌아와 저녁을 먹고,

강아지와 산책을 나갔다가

동네 술집에 들러 맥주 한 잔을 마십니다.


영화 「패터슨」의 주인공,

패터슨 시의 23번 버스 기사 패터슨의 일주일은 늘 이렇습니다.

그가 매일 운행하는 버스 노선처럼 반복되죠.

혹은 그의 아내가 좋아하는 패턴들처럼요.

오늘 어땠냐고 물을 때 동료가 하는 대답도 그렇습니다.

"늘 똑같지 뭐."

하지만 늘 똑같은 건 아니죠.

승객들은 매일 바뀌고,

걸어서 출근하는 거리의 풍경도 조금씩 달라집니다.

그리고 거기 반응하는 패터슨의 눈빛과 표정도요.

무엇보다 그에겐 그만의 리추얼이 있습니다.

운행을 시작하기 전 버스 운전석에서,

점심시간 도시락을 먹고 벤치에 앉아서 시를 쓰는 일.

그런 것들이 정해진 일상 속에 특별한 리듬을 부여합니다.


삶을 시적이게 하는 방법도 그리 대단한 일들만은 아닐 겁니다.

나만의 비밀 노트를 갖는 것,

글을 쓸 짬과 틈을 확보하는 것,

아하! 하고 감탄할 줄 아는 것.

물 위에 쓴 글자처럼,

인생 자체가 시간의 물결에 지워져 흘러가버릴지라도 말입니다.

# 산책

: 몸과 마음을 이완하고 심장의 보폭에 맞춰 걸어보는 일

"그때 나에게는 천천히 걸어가 녹아들
저녁의 풍경이 몇 장씩 있었으나

산책을 잃으면 마음을 잃는 것
저녁을 빼앗기면 몸까지 빼앗긴 것"

이문재 시인의 「저녁 산책」 일부입니다.
산책을 잃는 건 마음을 잃는 것이다,
뜨끔하게 공감되는 말이지요.

쇼팽은 자신의 창작 활동에서 가장 중요한 게
열 시간의 연습보다 한 시간의 산책이라고 했습니다.
걷기를, 모든 감각기관의 모공을 활짝 열어주는

능동적 형식의 명상이라고 표현한 건 다비드 르 브르통이었죠.

산책이나 소요, 혹은 마실.
그런 목적 없는 거닐음은
몸과 마음을 이완하고 헐거워져보는 행위입니다.

너무 빨라서 숨차지 않게
그래서 중간에 포기하지 않게
심장의 보폭에 맞춰 걸어가보는 일.
사람이 사람에게 가는 길, 누군가를 사귀는 일도
산책과 같으면 좋을 것입니다.

나만의 비밀 노트를 갖는 것,

글을 쓸 짬과 틈을 확보하는 것,

아하! 하고 감탄할 줄 아는 것.

삶을 시적이게 하는 방법도
그리 대단한 일들만은 아닐 겁니다.

# 탄
# 성

: 인생의 탄성을 높여주는 아! 오! 와!

"불어오는 바람을 느끼면서 '지금'이란 말을 하고 싶어.

지금, 바로 지금. (……)

전능하지 않아도 좋으니 예감이란 것도 느끼고,

'아!', '오!' 외치고 싶어. '네', '아멘' 대신 말야."


영화 「베를린 천사의 시」에서

인간이 되고 싶은 천사 다미엘이 한 말이죠.

아, 좋다!

순수하게 이런 탄성을 내뱉은 순간, 언제였을까요.

다미엘의 말처럼 인간으로 산다는 건 바로 그런 건데 말입니다.


나이를 먹으면서 잃어버리는 대표적인 것,

이런 감탄사가 아닐까 싶습니다.

반대로 나이 들면서 늘어나는 건 두 종류의 '살',
뱃살과 주름살이죠.

뱃살, 주름살은 의학 기술로 없앨 수 있을지 몰라도
웃음과 경탄을 잃어버린 표정이나 인상만은 어떻게 할 수가 없죠.
어느 날 어느 순간, 자신의 그런 얼굴을 보고
경악하게 될지도 모릅니다.

사소한 것에도 잘 웃고, 잘 놀랄 줄 아는 사람들 얼굴엔
늘 소년과 소녀가 살고 있습니다.
일상의 탄성(歎聲)들이
인생의 탄성(彈性)을 높여줍니다.

# 암실

: 희미해진 자신을 찾기 위해 필요한 어두움과 기다림

어둠 속에서 어떤 희미함이 일어납니다.

영혼의 기적처럼 서서히 스며 나오는 그것은

이제 점점 선명해지며 형체를 갖추기 시작합니다.

기록됐지만 보이지 않던 잠상이

어둠 속에서 떠오르는 '나타남'의 순간.

아날로그 사진작가들에게 가장 특별한 순간이

바로 이때라고 하죠.

필름에 저장된 기억이 암실의 어둠 속에서 현상(現像)되는 찰나,

인화지 위에 서서히 상이 떠오르기 시작할 때의 느낌

그리고 암실이라는 어두운 공간에 혼자 있는 기분에 대해

어렴풋이 알 것도 같습니다.

기록된 것들이 제 모습을 찾기 위해서는
암실이라는 공간이 필요하죠.
생각해보면 우리도 그렇습니다.
누구나 '자기만의 암실'이 필요합니다.
그런 공간과 시간 속에서 우리 존재는
잃어버린 혹은 잠재돼 있던 자신의 모습을 드러냅니다.

어두움 속에서의 기다림.
세상에 나오기 전 자궁 속에서 웅크렸던 시간을 생각해보면
어두움과 기다림, 이 두 가지는
존재의 본질적 조건인지도 모르겠습니다.

마음의 인화지 위에 상이 나타나는 것을 기다리는 시간,
자아의 잃어버린 모습이 서서히 떠오르는 어둠의 방,
당신에게도 있으신가요.

: 나뭇잎이 부딪힐 때, 당신이 속삭일 때, 책장이 넘어갈 때

한낮의 주택가에서 들리는 소리는 40데시벨,

대화 나누는 소리 60데시벨,

전화벨 소리는 70데시벨, 자동차 경적은 110데시벨.

우리가 일상에서 접하는 생활 소음의 수치라고 합니다.


아무런 소음이 없는 시간과 공간이 가능할까요?

고든 햄튼이라는 미국 음향생태학자는

'1평방인치의 고요'를 찾아다닙니다.

인간의 소음 때문에 점점 줄어드는 '고요의 공간'을 찾는 거죠.

가청 주파수대의 음파가 한 시간에 네 번 이상 측음기에 탐지되면

'고요하지 않다'고 판단했답니다.


그렇게 찾은 '고요한 장소'는 전 세계적으로 단 50여 곳.

15분간 어떤 소음도 들을 수 없었던 장소는

1983년에는 스물한 곳이었지만

2010년에는 단 세 곳으로 줄었다고 합니다.

그나마 그 세 곳도, 아직 남아 있을지 모르겠습니다.


내 안의 들끓는 소리는 몇 데시벨이나 될까, 생각합니다.

모든 종교에서 묵상이 강조되는 이유는

무엇보다 우선 내 안의 소리를 듣기 위해서겠죠.

마음속 '1평방인치의 고요'를 위한 시간, 어떻게 마련할까요.


나뭇잎 부딪는 소리 20데시벨, 연인의 귓속말도 20데시벨.

이 정도일 때 우리의 뇌는 고요하다, 쾌적하다 느낀다고 합니다.

나뭇잎들이 부딪는 소리가 그 정도라면,

책장을 넘기는 소리도 그쯤 되지 않을까요.

# 방하착

: 집착을 내려놓고 마음의 곡기를 끊는 일

불가의 가르침 중에 '방하착'이라는 게 있습니다.
방하착(放下着), 집착하는 마음을 내려놓으라는 뜻이지요.

중력을 거스르며 물을 길어서 키운 잎들을
가볍게 놓아버리는 나무들.
나무야말로 방하착을 실천하는 소승들 같습니다.

가을이 되면 나무는 잎과 가지를 연결하는 잎자루 끝에
'떨켜'를 만듭니다.
물과 양분이 지나가는 길을 막아서
잎자루가 가지에서 떨어지게 하는 거라고 하죠.

그렇게 잎을 버리고 나무는 '시'가 됩니다.

도를 얻기 위해 가져야 할 마음 자세를 장자는
'심재(心齋)'라고 합니다.
마음을 비우는 것, 마음을 굶기는 것으로
분별심이나 세속적인 욕망을 버려서
마음을 가난하게 하라는 가르침이겠죠.

예술에서도 관건은 버리는 것입니다.
"작곡을 하는 것은 어렵지 않다.
그러나 불필요한 음표를 쓰레기통에 던지는 것은 정말로 어렵다."
바그너가 한 말입니다.

내려놓는 것, 놓아버리는 것, 비우는 것.
결코 쉽지 않지만
마음의 곡기를 끊고 홀로 고요하기로는
십일월만 한 계절이 없는 것 같습니다.

# 멍
## 하
### 니

: 딱히 무엇을 바라보고 있지 않은 상태여서 내부를 응시할 수 있는

기차를 타고 여행할 때 가끔 그러지요.

스쳐가는 먼 풍경에 눈을 두고는 있지만

딱히 무엇을 바라보지는 않는 상태.

그 무엇도 바라보고 있지 않지만 시선은 어딘가를 향하고 있다면

그건 자기 내부를 응시하는 것인지도 모릅니다.

검은 차창에 곧 자신의 얼굴이 떠오르겠지요.


그렇게 생각 없이 멍하니 있는 순간들,

세상의 시간은 점점 그런 멍함을 허용하지 않습니다.

그런데 어쩌면 그게 우리의 가장 순수하고

또 평온한 상태인지 모르겠습니다.

말하자면 뇌가 초기화된 상태랄까요.

아무것도 듣지 않고 보지 않고 애써 느끼지도 않고
자기를 좀 내버려두는 것.
가만히 우두커니 물끄러미가 되는 것.
그렇게 최선을 다해서 멍하니 있기.
그건 아름다움이 앉을 자리를 만들어주는 일입니다.


아르헨티나 시인 로베르토 후아로스(Roberto Juarroz)의 시 중에도
이런 구절이 있네요.


"아무것도 하지 않는 것
그것이 가끔 세상의 균형을 유지시켜준다
어떤 중요한 것이
저울의 빈 접시에 올라감으로써."

참 웃고, 참 놀랄 줄 아는 사람들 얼굴엔 늘 소년과 소녀가 살고 있습니다.

일상의 탄성(數聲)들이 인생의 탄성(彈性)을 높여줍니다.

중
산
간 　: 머물러 지나온 길을 되돌아볼 '그침'과 '멈춤'의 타이밍


사방이 막힌 것 같아 어디로 가야 할지 모르겠는 때.

왠지 뭐든 잘 안 될 것 같은 불안감이나,

무엇도 해내지 못할 것 같은 불능감에 사로잡힐 때.

그럴 땐 어떻게 하는 게 좋을까요.


주역 64괘 중에서 52번째 괘인 중산간(重山艮).

'중첩된 산에 머물다',

그러니까 겹겹이 산이 막혀 나갈 수 없는 상태라고 합니다.


주역에선 멈추고 머물러야 한다고 합니다.

앞으로 가기보다 오히려 멈춰 서 뒤를 보는 것.

그러면 나아갈 길이 희미하게 보일 거라는 거죠.

내 발자국이 내 앞길을 예비합니다.

발자국들이 이어져 만들어진 선이
마치 어떤 방향을 지시하고 있는 것처럼 보일 때가 있습니다.
의도하고 계획하지 않았어도
자신이 만들어온 물줄기의 흐름 같은 것,
삶의 지향 같은 게 보이는 거죠.

그러니까 가끔 멈춰 서서 지나온 길을 돌아보는 건
내가 나를 이해하기 위한 방편이 되기도 하는 것 같습니다.
중산간에 놓인 스스로에게 그런 안식일을 부여할
'그침'과 '멈춤'의 타이밍.
혹시 지금은 아닐까요.

영화에는 '외화면 공간'이란 게 있습니다.

영화의 내러티브가 펼쳐지는 프레임 안이 내화면 공간이라면

카메라 뷰 밖에 있는, 그래서 잘린 공간이 바로 외화면 공간.

관객들은 대부분 화면 속 이야기에 집착하지만

영화의 분위기나 서스펜스를 조성하는 데

때로는 외화면 공간이 더 중요한 역할을 합니다.


관객의 상상력이 태어나는 지점,

감독과 관객의 적극적인 소통이 발생하는 공간도

외화면 공간이죠.

분명 있지만 보이지는 않는 것,

그 바깥에 대한 사유의 정도에 따라

영화 감상의 크기도 달라집니다.

배제를 통해 진실을 드러내는 대표적 장르가 '시'일 겁니다.

어떤 것을 썼느냐보다, 어떤 것을 지웠느냐에 따라

시의 의미와 리듬이 확 달라지지요.

그러니까 시의 외화면 공간은 단어와 단어의 사이,

행과 행, 연과 연의 빈 곳입니다.


흔히들 '행간을 읽으라'고 하지요.

잘려 나간 대사, 편집된 컷, 배제된 단어와 지워진 문장……

때로 그런 것들에 더 많은 말들이 담겨 있습니다.

행간을 읽는 것, 프레임 바깥을 상상하는 것,

영화나 책에만 해당되는 독법은 아닐 겁니다.

망
중
한    : 봄날이 가기 전 '도로'에서 벗어나 '길'을 걸을 시간

"빠빠라기는 시간에 대해서 야단법석을 떨기도 하고, 얼토당토않
은 수선을 떨기도 한다. (……) 빠빠라기는 언제나 시간이 불만족
이기 때문에 위대한 마음에게 불평을 한다.
"어째서 시간을 더 주시지 않습니까."
(……) 빠빠라기는 언제나 '내일 해야지' 하고 마음먹는다. 시간이
있는 건 오늘인데도."

오래전 남태평양 폴리네시아의 원주민 추장이
유럽을 여행하고 돌아와서 쓴 기행문에 나오는 얘기입니다.
책 제목이기도 한 '빠빠라기'는 백인을 가리키는 단어,
이 부족의 말로 '하늘을 찢고 온 사람들'을 뜻한다고 합니다.

우리야말로 시간에 쫓기는 빠빠라기의 전형이죠.

시간을 절약해준다는 기계들의 속도가 빨라질수록
우리는 더 조급하고 성급하고 다급한,
'시간 없이' 사는 존재가 되고 있으니까요.

한자에서 바쁠 망(忙)은 마음 심(心)과 망할 망(亡)이 합쳐진 글자.
너무 바쁘면 마음이 망하게 된다는 뜻을 품고 있는 걸까요.
망할 망에 '없다', '가난하다'라는 뜻도 있는 걸 생각하면
시간이 없는 상황이란 마음이 부재중인 상태,
마음이 가난한 상태라고 해도 아주 틀린 말은 아닐 겁니다.

마음까지 망하기 전, 봄날이 가기 전,
한나절의 망중한은 가져봐야 할 것 같습니다.
'도로'를 달리는 게 아닌 '길'을 걷는 시간 말이지요.

세
런
디
퍼
티

암실에서 필름을 현상하던 사진가는 어느 날,

노출 과정을 거치지 않은 인화지를

이미 노출된 인화지가 담긴 현상용 트레이에 떨어뜨립니다.

실수였죠.


그런데 그 인화지를 꺼내니 새롭고 독특한 이미지가 나타났습니다.

그는 여기서 '레이요그래프'라는 새로운 기법을 창안해냅니다.

유명한 사진작가인 만 레이(Man Ray)의 얘기입니다.

그를 대표하는 또 다른 기법 중 하나가

현상 과정에서 극단적인 노광을 주는 '솔라리제이션'으로

이 역시 연인이 실수로 암실 등을 꺼버린 일에서 출발했다고 하죠.


현대 사진의 선구자라는

윌리엄 클라인(William Klein)의 이야기도 비슷합니다.

카메라를 바닥에 떨어뜨리는 실수를 저지르고 마는데

그때 넘어지면서 카메라 셔터가 눌렸고

아주 묘한 결과물이 나오게 된 거죠.

그는 그걸 개성으로 발전시키고 그 덕에 명성을 얻게 됩니다.


세런디퍼티(serendipity)라고 하죠.

우연으로부터 일어난 뜻밖의 중요한 발견.

특히 과학 연구에서, 실험 도중에 실수나 실패 때문에 얻게 된

중대한 발견 혹은 발명을 말하는데요,

거기엔 '뜻밖의 발견을 하는 능력'이란 의미도 포함되어 있습니다.


그러니 가령 아이가 실수로 주스를 흘렸다면,

혼내기보다 이렇게 말해주는 건 어떨까요.

'옷에 멋진 무늬가 생겼구나!'


실수로 잘못 접어든 골목에 어쩌면

우리 삶의 세런디퍼티가 기다리고 있을지도 모르는 일입니다.

**자**
**세**
: 나의 살아옴이 지은 몸의 모습, 나의 살아감을 빚을 마음의 모양

"내 사랑도 어디쯤에선 반드시 그칠 것을 믿는다. 다만 그때 내 기
다림의 姿勢를 생각하는 것뿐이다."

황동규 시인의 「즐거운 편지」에서 중요한 건
영원한 사랑이 아닙니다.
사랑은 끝나겠지만,
그럼에도 그때 생각할 것은 사랑할 때의 마음이라고
그러니까 중요한 건 '기다림의 자세'라고 시인은 노래합니다.

나무 자세, 고양이 자세, 물고기 자세, 산(山) 자세……
요가의 모든 동작들엔 이렇게 '자세'란 말이 붙습니다.
산스크리트어로는 '아사나(asana)'라고 하죠.
그런데 아사나는 단순히 외형적 동작만을 가리키는 게 아닙니다.

그 자세를 빌어 도달하려고 하는 명상적 상태를 아우릅니다.

"사유한다는 것, 그것은 신체의 능력, 태도 혹은 자세를 배우는 것
이다."
들뢰즈의 이 말도 요가 수행이 추구하는 것과
그리 다르지 않아 보이네요.

'자세'라는 말은 조금 특이합니다.
겉모양을 나타내는 자(姿)라는 한자와
내적인 '형세나 기세'를 나타내는 세(勢)라는 한자가 나란히 있죠.
그래서 자세는 '몸을 움직이거나 가누는 모양'을 의미하기도 하고
어떤 '태도나 마음가짐'을 뜻하기도 합니다.
그러니까 겉과 속, 몸과 마음을 다 관할하는 말이죠.

그래서 한 사람의 고유한 자세엔 그가 살아온 시간이 드러납니다.
동시에 지금 어떤 자세를 취하느냐가,
살아갈 시간에 영향을 미치기도 합니다.
시인의 시를 조금 바꾸어
내 생이 어디쯤에서 그칠 때
그때 내 삶이 빚은 자세는 어떤 것일까 생각해보는 것입니다.

뭐든 잘 안 될 것 같은 불안감이나,

무엇도 해내지 못할 것 같은

불능감에 사로잡힐 때.

앞으로 가기보다 오히려 멈춰 서 뒤를 보는 것.

가끔 멈춰 서서 지나온 길을 돌아보는 건

내가 나를 이해하기 위한

방편이 되기도 하는 것 같습니다.

다
와
간
다 : 초행인 인생에서도 한 걸음 더 가보도록 만드는 말

"조금만 참아라

다 와간다 좋아진다

이제 따뜻한 국물 같은 거

먹을 수 있다"


이덕규 시인의 「밤길」*이라는 시 앞부분입니다.

밤길뿐 아니라 산길도 그렇죠.

등산할 때 가장 많이 듣게 되는 말 중 하나 역시 그것.

정상까지 얼마나 남았냐고 물으면,

내려오는 사람들은 십중팔구 그럽니다.

"다 와갑니다!"


아마추어 마라톤 대회에서도 마찬가지라고 합니다.

도대체 얼마를 달렸는지, 얼마나 남았는지……
폐가 터질 것 같고, 다리가 풀릴 것 같아도
'다 와간다' 그 말의 힘으로 조금 더 달려보는 것이지요.

선의의 거짓말. 무해한 거짓말.
그래서 알면서도 기꺼이 속아보는 '다 와간다'는 말.
주문 같은 말.

인생은 언제나 초행, 시절은 밤길이고 더구나 겨울입니다.
시에서처럼 '좋아진다'는 희망조차 기대하기 어렵지만
서로서로 그런 말이라도 해주면서 한 걸음 더 가볼 수밖에요.

• 이덕규, 『놈이었습니다』, 문학동네, 2015

## 갑자기

: 오래 고민하고 항상 마음 쓰다가 만난 적절한 명분과 타이밍

"근처 지나가다 갑자기 생각나서 연락해봤어요."

"뭐 좀 사러 갔는데 문득 떠오르더라구요."

누군가가 이런 말을 하면서 전화를 하거나 선물을 건넬 때,

그건 글자 그대로의 '갑자기'와 '문득'이 아닐 때가 많습니다.

항상 마음 쓰며 생각하고 있던 것,

다만 '갑자기'라고 말할 적절한 명분과 타이밍을 기다리고 있었던 것.

소나기 한 줄기조차 사실 갑자기 내리는 건 아닙니다.

영감이나 뮤즈도 그런 타이밍을 기다리고 있는 게 아닐까요?

어느 날 갑자기 문득, 이 아니라

우리가 아주 오래 고민하고 궁리하던 것들이

우연한 순간과 결합해서 어떤 질서와 배열 안에 놓이는 때.

그 타이밍을요.

"자극은 어디에서든 온다. 하지만 늘 경계를 늦추지 않고 주위를 살펴야 한다. 영감이란 것은 수동적으로 받아지는 것이 아니기 때문이다."

미국의 유명한 북 디자이너, 피터 멘델선드도 『커버』란 책에서 이런 말을 했습니다.
그는 '취향'조차, 오히려 훈련과 유지를 필요로 한다고 얘기합니다.

그게 영감이나 뮤즈든, 혹은 나만의 취향과 스타일이든
비등점에 도달하기 위해 필요한 건
끊임없이 열을 가하는 일일 겁니다.

실
존
감  : 삶에서 언제나 회복되어야 할 '살아 있음'의 감각

세계적인 종교신화학자 조지프 캠벨이

어느 날 20여 년간의 집필과 강의를 돌아봤습니다.

자신이 일관되게 주장해온 한 가지가 있더랍니다.

그건 바로 "Follow your bliss."


'bliss'는 지극한 행복, 천복이나 소명으로 번역됩니다만

캠벨에게 그건 내면의 기쁨, 살아 있음의 경험입니다.

당신이 어떤 일을 할 때 기쁨과 행복감을 느끼는지,

그걸 따르라는 말일 거예요.


고민이 있을 때 누구나 주변 사람들에게 조언을 구하곤 하죠.

하지만 그때도 마음 깊이는 결정을 내려놓고

타인에게 그 결정에 대한 승인을 구하는 과정일 때가 많습니다.

그래서 '네 마음 가는 대로 해',
이 말이 정답인 경우가 많고요.

"둔감하며, 몽매하고, 깨어 있지 않은 정신의 죄",
캠벨은 인간이 저지르는 가장 큰 원죄란
이런 것이라고까지 말했습니다.
실존감이라고 해야 할까요,
삶에서 언제나 회복해야 할 건 내가 나로서 살아 있다는 느낌,
그런 실감을 갖는 일일 겁니다.

어떤 일을 할 때 당신의 눈빛이 반짝이는지
어떤 것 앞에서 심장이 뛰는지
적어도 SNS의 팔로어 숫자가 가르쳐주는 건 아닌 것 같죠.
Follow your bliss!

: 세상의 압박에 맞서는 조용하고도 단호한 선언

"안 하는 편을 택하겠습니다."
"안 하겠다고?"
"안 하는 편을 택한다고요."

월 스트리트 변호사 사무실의 필경사는
어느 날 고용인의 업무 지시에 이렇게 말합니다.
허먼 멜빌의 『필경사 바틀비』에 나오는 장면이죠.

'그 일을 하고 싶지 않다'라거나 '하지 않겠다'가 아니라
'하지 않음을 하겠다'라는 바틀비.
그 특이한 화법으로 그는 대답하죠.
"좀 더 합리적인 사람이 되지 않는 편을 택하겠습니다."
변호사의 해고 통보에 대해서도 그는

"떠나지 않는 편을 택하겠습니다"라고 말하면서 버팁니다.

단순히 하지 않는 게 아니라, 하지 않음을 하겠다는 것.
일반적인 영어 구문에서 어긋난 표현입니다.
자신의 존재 방식에 대한 조용하고도 단호한 선언이었겠죠.

세상은 점점 '할 수 있다'고 부추기고, '해야 한다' 압박합니다.
이런 세계에서 '하지 않음을 택한다'는 것.
그건 사실 가장 어렵고, 그래서 가장 용기 있는 일이 됐습니다.
세상의 언어를 베껴 써야만 하는 스스로에게
그래도 가끔 한 번씩은 바틀비의 말을 들려주세요.
'그러지 않는 편을 택하겠어!'

# 실
# 패

: 다음번의 더 나은 실패를 위한 영감을 주는 일

미국 미시간주에는 '실패한 상품 박물관'이란 게 있다고 합니다.
'투명 콜라' 등 소비자들에게 외면당한 실패작
13만여 점을 모아놓은 곳으로
신제품의 90퍼센트가 실패하는 이유는 뭘까,
이런 의문으로 시작됐다고 하네요.

예술가만큼 실패에 정통한 사람들도 없을 겁니다.
머릿속에 그린 이미지를 완벽하게 표현한다는 건
사실상 불가능에 가까우니까요.
글을 쓰는 것도 매 순간 실패하는 일이죠.
단 한 줄의 완성된 문장을 위해 얼마나 많은 글자들이
딜리트와 백스페이스 키에 지워지고 있을까요.

이런 일, 인생에도 대입해봅니다.

어떤 완벽함에 가닿을 수 없다면

결국 얼마나 멋지게, 얼마나 다르게 실패하느냐가

우리의 정체성이나 고유함에 영향을 미치는 건 아닐까요.

실패는 그 자체로 다음번 시도, 더 나은 실패에 영감을 줍니다.


실수한 경험, 실패한 문장, 패배한 경기, 실패한 사랑…….

삶은, 실패들로 짜나가는

아름다운 태피스트리 같은 것일지도 모르겠습니다.

게다가 역사는 승리의 기록이지만,

문학은 끝까지 패배의 편이라는 것.

얼마나 위로가 되는 일인지요.

인생은 언제나 초행,
시절은 밤길이고 더구나 겨울입니다.

시에서처럼 '좋아진다'는 희망조차도 기대하기 어렵지만
서로서로 그런 말이라도 해주면서
한 걸음 더 가볼 수밖에요.

## 4부

기 울 이 면  말 을  걸 어 오 는  발
견

# 아
# 린

눈 속에서 기적처럼
아주 여린 연둣빛, 붉은빛이 어립니다.


눈치채지 못하는 사이
나무마다 꽃눈, 잎눈이 부풀고 있는 것입니다.
영하 10도를 넘나드는 한파가 있었고
소한, 대한, 꽃샘도 멀기만 한데
나무들은 어쩌자고, 뭘 믿고
보드랍고 연한 것들을 밀어낸 걸까요.
그것들은 어떻게 얼지를 않는 걸까요.


'아린(芽鱗)'이라는 말을 배웠습니다.
물푸레나무처럼 딱딱한 껍질이 있는가 하면,

목련 같은 털비늘도 있습니다.
앞엣것이 가죽옷 같은 거라면,
뒤엣것은 털옷이나 모포 같은 거겠죠.
또 벚나무처럼 여러 겹의 비늘 옷을 껴입거나,
마로니에나무처럼 끈적끈적한 진액 성분으로
덮여 있는 경우도 있습니다.


나무의 겨울눈을 감싸는 비늘 조각,
꽃눈과 잎눈이 얼지 않고 봄에 싹을 틔우는 건
이 '아린' 때문입니다.


칼바람으로부터 최후의 가장 여린 것을 지키기 위해,
사월의 꽃과 칠월의 잎, 시월의 열매를 위해
아린을 자처했던 사람들도 있지요.
가지의 맨 끝, 뿌리로부터 가장 먼 최전선에서
지금도 봄을 사수하고 있는 아린과 같은 사람들.
우리의 안온함은 얼마간 그들에게 빚지고 있는 건지도 모릅니다.
당신은 누구에게, 한 조각 아린 같은 존재인가요.

# 나
## 이
## 테

: 나무가 건너온 겨울의 개수, 몸이 기록한 해와 달의 운행

봄부터 가을 동안 생장하며 몸을 불려온 나무는

겨울이 되면 얼지 않기 위해 수분을 모두 배출합니다.

생육도 멈추기 때문에 검고 단단해집니다.

이렇게 생기는 선을 나이테라고 부르죠.

그러니까 나이테는, 나무가 건너온 겨울의 개수입니다.


굴이나 조개에도 나이테가 있습니다.

여름과 겨울의 기후 변화,

밀물 때와 썰물 때의 온도 차가

껍데기에 가로금을 만드는데

조개의 그 뜻 없는 무늬에는

해와 달의 운행이 기록되어 있는 셈입니다.

조개의 나이테는 온도 차뿐 아니라

성장이나 생식 활동 때문에 만들어지기도 합니다.
에너지를 소모하느라 정상적인 성장을 하지 못한 흔적이
고스란히 촘촘히 새겨진 무늬.
그 아름다운 무늬가 그들 고달픈 삶의 흔적이자 주름인 것이죠.

견고하고 강한 나무일수록 나이테가 촘촘하지요.
나이테는 나무의 이력서입니다.
창밖의 나무들은 지금 새로운 나이테를 새겨 넣고 있습니다.
네 계절을 건너온 우리 몸의 어딘가도 아마 그렇겠지요?

소금
금

: 맹렬한 불볕 아래서 한없이 졸아든 시간의 결정

'발칸의 장미'에 대해 들어본 적 있으신가요.

가장 향기로운 향수의 원액은

발칸산맥에서 피는 장미에서 추출한다고 합니다.

그것도 가장 춥고 어두운 새벽 두 시,

그때라야 꽃의 향기가 짙고 지속 시간도 길어지기 때문이라는군요.

소금은 오후 세 시나 네 시에 온다고 합니다.

염전에 가둔 바닷물이 증발해 염판에 흰 소금꽃이 맺힐 때,

태양이 대지를 달구어 지표 열기가 절정에 이르는 시간에,

소금은 옵니다.

그리고 가장 좋은 소금은

바람 한 점 없는 뙤약볕 아래 온다고 합니다.

바람 때문에 염전 물이 흔들리면 소금의 입자가 불안정해지고
햇볕이 충분치 않아 불순물이 남으면 쓴맛이 나기 때문입니다.

세상을 다 말려 죽일 것 같은 맹렬한 불볕 아래서,
그 뜨거운 적요 속에서 소금은 옵니다.

바닷물이 졸아들어 한 알의 소금이 되는 시간을 생각합니다.
마음이 한없이 졸아들던 시간을 또한 생각합니다.

내 마음의 소금밭에
담석처럼 사리처럼 고요히 웅크린 한 줌의 소금.
그것이 삶의 밑간이 되어 맛을 이루고
부패를 막아줄 것을 믿어봅니다.

바
람
개
비
: 스스로 바람을 만들어, 바람을 밀어내는 힘으로

버섯은 포자를 바람에 날려 번식을 합니다.
그런데 바람이 불지 않을 땐, 어떻게 씨앗을 퍼뜨릴까요?

버섯은 식물보다 불리한 번식 조건을 갖고 있습니다.
땅 표면은 바람이 거의 없어
포자를 날려 보내기가 쉽지 않기 때문이죠.
그럴 때 버섯은 갓에서 수증기를 내 주변 공기를 냉각시킵니다.
더운 공기는 상승하고 찬 공기는 하강하게 되어 있죠.
그런 식의 순환을 연쇄적으로 불러서
주변 공기를 미세하게 움직이는 거라고 합니다.

그러니까 손가락보다 작은 버섯이
스스로 바람을 만들어낸다는 이야기죠.

우리 역시, 키 작은 버섯이 아닐까요.

그리고 혹시, 어디선가 바람이 불어오길 기다리고만 있진 않을까요.

색종이로 바람개비를 만들어본 기억, 있으시지요.

하지만 바람이 없을 때 바람개비는 어떻게 돌아갈까요.

주어를 바꾸어봅니다.

바람이 불어주지 않을 때, 당신은 어떻게 하셨습니까.

바람개비를 들고 뛰어가던 어린 당신이 있습니다.

그리고 공기에 저항하는 힘으로,

바람을 밀어내는 힘으로, 바람개비는 돌아갑니다.

모
래
성

: 괜찮아. 예기치 못한 물결에 쓸려가도, 놓쳐도

파도가 밀려와 정성스럽게 지은 성을 물거품으로 만들어버립니다.

아이는 아쉬운 탄성을 지르지만,

그것 때문에 울거나 하루 종일 마음 상해 하지 않습니다.

금세 잊어버리고 새로운 성을 짓거나 다른 놀이에 빠져들죠.

떠올려보면, 모래성이 무너지는 것을 지켜볼 때의

묘한 후련함 같은 것도 있었던 것 같습니다.

팔월 어느 바닷가에서,

오늘도 모래성을 쌓고 노는 아이들은 배울 겁니다.

삶에 예기치 못한 큰 물결이 오기도 한다는 것.

그게 공들여 쌓은 걸 쓸어가기도 한다는 것.

하지만 그래도 괜찮다는 것까지요.

'포모(FOMO) 증후군'이라고 하죠.

Fear of missing out,

그러니까 '놓치는 걸 두려워하는 마음'을 말합니다.

내가 고른 것보다 더 좋은 게 있을 것 같아서

인터넷을 헤매는 조바심,

남들이 뭔가를 배운다고 하면 나는 뒤처질 것 같은 불안감,

타임라인에서 놓치고 지나간 글들을 읽느라

휴대폰을 놓지 못하는 일.


페이스북을 만든 마크 주커버그는

이런 FOMO를 JOMO로 바꾸라고 했다죠.

Joy of missing out, 그러니까 '잃는 걸 즐겨라'고요.


길 위의 몽상가이자 철학자였던 발터 벤야민도

도시가 자신에게 준 선물은

'길에서 헤매는 법'을 가르쳐준 거라고 했습니다.

모래성이 무너져도, 더 좋은 물건을 놓쳐도, 길을 잃어도……

사실은 괜찮은 거잖아요.

마음이 한없이 졸아들던 시간을 또한 생각합니다.
내 마음의 소금밭에

담석처럼 사리처럼 고요히 웅크린 한 줌의 소금,
그것이 삶의 밑간이 되어 맛을 이루고
부패를 막아줄 것을 믿어봅니다.

의
자
: 인간의 자세를 가장 닮은 가구이자 최소 단위의 사적인 공간

고흐의 빈 의자 그림들이
우리에게 각별한 느낌을 주는 이유는 뭘까요?
그에게 의자는 또 다른 자화상이자 초상화이기 때문일 겁니다.

덴마크 사람들은 첫 월급을 받으면 의자를 산다고 합니다.
우리가 부모님께 빨간 내의를 사드렸던 것처럼요.
우리의 경우 그건
경제적으로 자립하기까지 돌봐주신 데 대한 감사의 뜻이죠.
그런데 그들한테는 왜 의자일까요?

의자를 단순한 가구라기보다
소중한 '장소'로 여기기 때문이라고 합니다.
삶의 질이라든지 생활의 여유를 상징하는 그런 장소인 거겠죠.

그게 옷이나 가방처럼 남에게 보이는 물건이 아니라
자기만의 의자라는 점, 뭔가 특별하게 느껴집니다.

살림살이에 특별히 욕심이 없는 저도
의자에 대해서만은 탐을 조금 냅니다.
가구 중 인간의 자세를 가장 닮은 그 생김 때문일까요.
재활용센터나 분리수거장에 나와 있는 의자들을 보면
이상하게 마음이 짠해져서 사진이라도 한 장 찍고 지나가게 됩니다.
쓰임을 다하고 용도 폐기된 한 존재가
쓸쓸하고 무기력하게 거기 나앉아 있는 것만 같아서요.

의자는 머무름이고, 의자는 휴식입니다.
의자는 최소 단위의 사적인 공간,
사색이자 대화, 또한 기다림이며 몽상입니다.
그런 면에서 의자는 잉여로운 사치품이기도 합니다.
우리에게야말로 그런 사치로서의 '내 의자',
하나씩 필요하지 않을까요?

서쪽으로 난 창가에 의자 하나 놓고
굴광성 식물처럼 빛 쪽으로 기울고 싶은 계절입니다.
해 지는 풍경을 보기 위해서
몇 번이고 의자를 옮겨 앉았던 어린 왕자처럼 말이죠.

**책** : 사려 깊고 과묵하지만 일단 입을 열면 그 누구보다 재밌는 친구

창가 책상에 놓인 그것들을 무심히 바라보다가 문득
'아, 참 아름답다' 느낀 적이 있습니다.

가로와 세로의 이상적인 비율.
저 단호한 직각의 고요와 단정함.
사려 깊은 함구와 믿음직스러운 과묵함.
그러나 일단 입을 열면 그 누구보다 재밌다는 걸 알고 있죠.

그중 하나를 집어 들어봅니다.
손안에 들어와 맞춤하게 잡히는 느낌이나
솜처럼 가볍지도, 돌처럼 무겁지도 않은 존재감도 적당합니다.

그것을 넘길 때 내 손가락 끝은

얇은 단면을 쓰다듬으며 내려와, 단 한 장을 가려 줍니다.

배운 적 없는 그 동작을 손은 어떻게 그렇게 잘하는 걸까요.

어느 밤에는

나의 지문과 종이의 살결이 마찰할 때의 그 느낌,

그 소리까지도 좋아집니다.

그런 순간에는 깨닫게 되죠.

아, 내가 정말 사랑하게 됐구나!


글자들은 줄지어 기어가는 개미들처럼 보이기도 합니다.

그 작고 검은 몸들이 꼬물거리며 나에게 오고 있는 것처럼요.

그러니 좋아하지 않고 배길 수 있나요.

그래서 커트 보니것도 이렇게 썼나봅니다.

"책을 절대 포기하지 마세요. 책은 느낌이 아주 좋으니까요."

: 삶의 무기수인 우리를 자유롭게 하는

찬 겨울 독방에, 신문지만 한 햇볕이 비뚜름히 들어왔다가 나갑니다.
하루 두 시간, 그 햇볕을 무릎에 얹고 책을 볼 때의 행복감.
그 감정 때문에 그는 무기수의 삶을 견뎠다고 합니다.

신영복 선생 얘기입니다.
다산의 유배지 초당에도
수인 번호 9번 청주 교도소 김대중의 책상 위에도
총살당할 당시 체 게바라의 녹색 가방에도
책이 들어 있었다고 하죠.

"문학은 더 큰 삶, 다시 말해 자유의 영역에 들어가게 해주는 여권
이었습니다. 문학은 자유였습니다."
수전 손택의 고백입니다.

Livre, 책이라는 뜻을 가진 이 프랑스어의 라틴어 어원엔
'자유롭다' 혹은 '~로부터 풀려나다'란 뜻이 있다고 합니다.
자유를 뜻하는 Liberty, 그리고 도서관을 의미하는 Library라는
영어 역시 같은 뿌리에서 나온 말이죠.

불교에선 인생을 고해, 고통의 바다라고 한다는데
몸을 얻어 산다는 것, 나날의 생활이라는 게
평생 벗어날 수 없는 유리 감옥인지도 모르겠습니다.
우리는 주민 번호를 수인 번호로 단 삶의 무기수인 셈이지요.
그런 우리 곁에도 다시 책이 있어서 얼마나 다행인가요.

창    : 매일매일 새로 걸리는 액자이자 나를 향한 몽상의 공간

갑창, 걸창, 광창, 독창, 교창, 눈곱재기창……
한옥에는 이렇게 여러 종류의 창문,
그리고 창과 관련된 용어가 있습니다.
안 그래도 난방 잘 안 되는 한옥에
쓸데없이 무슨 창이 이렇게 많이 필요한 걸까요?

아마 창을 통해 자연과 사귀는 동양적 가치관이 반영된 것이겠죠.
창과 관련한 개념 중에 '차경(借景)'이라는 게 있다고 합니다.
경치를 빌린다는 뜻이지요.
그렇다면 창은 사계절 매일매일 새로 걸리는 액자인 셈입니다.

차경뿐 아니라 '자경(自景)'이라는 개념도 있습니다.
자연 경관이 아니라 마당이나 자기 집의 다른 건물을 향해 열린 창.

그래서 방 안에 앉아서 내 집의 일부를 풍경으로 감상하는 것.
자경엔 '스스로를 들여다본다'는 의미가 있습니다.

우리에게도 자경을 위한 창이 하나 따로 필요한 건 아닐까요?
보통 우린 '윈도즈'라는 운영체제를 통해
문서 창, 인터넷 창을 띄워놓고 작업을 하거나 검색을 하죠.
리포트나 업무를 위한 창이 아니라
그냥 오늘의 내 마음을 기록하는 창,
아름다운 문장을 적어두는 창.
문서 창들 틈에 그런 몽상의 공간 하나는
늘 열려 있으면 좋겠습니다.
窓이라는 한자에 마음 심(心) 자가 들어가 있는 것도
그런 이유인지 모르니까요.

**팬** : 바람 없는 곳에서도 시원한 바람을 '일으켜주는' 존재

쓰임새가 다양해서 여덟 가지 덕을 가진 '팔덕선'이라고도 했다죠?
더울 때 바람 일으켜 땀을 식히고,
귀찮은 파리나 모기도 쫓고,
뙤약볕을 가리는 용도로도 쓸 수 있으니까요.

쓰임새뿐인가요.
거기다 그림을 그려 넣고 시를 써넣는 풍류,
그리고 그걸 지인들에게 선물하는 낭만도 있었죠.

그 끝에는 매듭이나 술, 선추를 달아서 한껏 멋을 내기도 했습니다.
우리 옛것 중에서 실용적이면서도 아름다운 사물,
기능적이면서도 우아한 사물을 꼽으라면
부채를 빼놓을 수 없을 것 같습니다.

줄꾼은 허공에서 쥘부채로 균형을 잡습니다.

예술은 시대의 쥘부채라고도 하지요.

한 사회가 경제나 실용 같은 쪽으로만 기울어서 흔들릴 때

균형감을 찾아주는 게 문화나 예술입니다.

어쩌면 우리 개인들에겐 책을 읽는 일이 그런 게 아닐까 싶습니다.


게다가 부채는 영어로 fan이죠.

누군가에게 열광을 보내며 좋아하고 응원하는 사람이자

바람 없는 곳에서도 시원한 바람을 '일으켜주는' 존재이지요.

그런데 가까운 사이일수록 서로에게 그런 '팬'이 되어주는 것,

그게 참 왜 이렇게 쉽지 않은 걸까요.

의자는 머무름이고, 의자는 휴식입니다.
의자는 최소 단위의 사적인 공간,
사색이자 대화, 또한 기다림이며 몽상입니다.

서쪽으로 난 창가에 의자 하나 놓고
굴광성 식물처럼 빛 쪽으로 기울고 싶은 계절입니다.

# 노
# 래

: 아득히 먼 곳에서 와서 영혼을 어루만지고 다시 어느 먼 곳으로 가는

철 지난 유행가를 흥얼거리시는 어머니의 노랫소리가
조용한 집 어딘가에서 들려올 때
그 노래는 우리를 잠깐 멈추어 서게 합니다.
그때 당신은 설명하기 힘든 어떤 감정에
사로잡히게 될지도 모릅니다.

자기도 모르게 노래를 흥얼거리는 순간들이 있습니다.
그때 노래는 어디서 오는 걸까요.
아득히 먼 곳에서 와서 나에게 잠깐 머물렀다가
다시 어느 먼 곳으로 가는 건 아닐까요.

처음으로 노래를 불렀을 사람을 상상해봅니다.
무엇이 그로 하여금 노래를 하게 했을까요.

그때 그는 혹시, 너무 무섭거나 외로웠던 건 아닐까요.

그를 달래주기 위해 노래가 찾아온 것은 아닐까요.

이 우주에서 가장 신비로운 것 중 하나는 노래입니다.


삶의 중요한 순간마다 우리는 노래를 부르죠.

생일을 축하하기 위해서, 사랑을 고백하기 위해서, 죽은 자를 위해서.

또 기쁠 때는 기쁨에 겨워서, 슬플 때는 슬픔을 달래기 위해서.

고단한 노동의 시간 속에서나 혹은 잠들 때조차

우리에겐 노래가 필요합니다.


우리가 누군가에게 한 곡조의 노래가 될 수 있다면

당신은 어떤 노래가 되고 싶으신가요.

부끄러울 때 우리는 얼굴을 가립니다.
'얼굴 없는'이라는 관용어는 '정체를 알 수 없는'이라는 뜻이지요.

그림을 배우기 시작한 아이들은 대부분
얼굴을 몸보다 크게 그립니다.
미술 치료에서는 얼굴을 어떻게 그리는지를 보고
그 아이의 상처라든가 심리를 읽을 수 있다고 하죠.
얼굴이 마음의 반영인 까닭일 겁니다.

그래서일까요.
우리말 '얼굴'은 '얼'과 '꼴'이 만난 단어라고들 하죠.
얼의 꼴, 그러니까 영혼의 생김새가 겉으로 나타난 게
얼굴이라는 겁니다.

또는 '얼'과 '굴',

그러니까 얼이 깃드는 굴 혹은 골짜기라는 설명도 있습니다.


그래서일까요.

얼굴을 쓰다듬는 행위에는

각별한 애틋함이나 쓸쓸함이 있습니다.

마주 앉은 연인이 손을 뻗어 사랑하는 사람의 얼굴을 만질 때

나이 든 사내가 자신의 두 손으로 얼굴을 쓸며 마른세수를 할 때

그건 영혼을 쓰다듬고 있는 것입니다.


철학자 레비나스는 '타자'가 우리에게

'얼굴'로 다가온다고 했습니다.

얼굴이란 모든 주체가 자기를 드러내는 통로이기 때문이라고요.

사람이 만나는 건 결국 얼굴이 만나는 것입니다.

얼굴을 뜻하는 영어 face에는 '마주하다'란 의미도 있죠.

얼굴이란 그러니까 이렇게 당신과 마주하기 위한 것!

# 뒷모습

: 무방비함으로 더 속 깊은 이야기를 건네오는 이면의 표정

빈방에 앉아 텔레비전의 푸른빛에 잠긴 늙은 부모님의 실루엣.
한밤에 그런 뒷모습을 보면 때로 울 것 같은 심정이 됩니다.

텔레비전에서는 세속의 드라마나 노래교실 같은 것이,
혹은 홈쇼핑의 과장된 몸짓들이 소리 죽인 채 흘러나오고 있고
그 앞에 홀로 놓인 구부정한 등.
그 등은 왜 비애에 가까운 마음을 일으킬까요.

뒷모습은 그 무방비의 등을 빌어서 잠깐이나마 한 생애 전체를,
고독한 실존 그 자체를 드러내기 때문은 아닐까요.

추운 밤거리를 건너는 길고양이의 뒷모습,
바닷가에 앉아 하염없는 파도를 바라보는 사람의 뒷모습,

이제는 아주 떠나는, 마음을 주었던 이의 뒷모습…….
뒷모습들은 우리에게 더 속 깊은 이야기를 건네옵니다.

얼굴은 그 수많은 근육들로 표정을 지어내지만
등은 그런 종류의 지어냄, '꾸밈'이나 '가장'과는 거리가 멀죠.
아무런 장식적인 것이 없는 우리 몸의 가장 넓은 여백.
그래서 나의 이면을 정직하게 누설하는 것은 자주, 뒷모습입니다.

"너그럽고 솔직하고 용기 있는 사람이 내게 왔다가 돌아서서 가는
모습을 보면서 나는 그것이 겉모습에 불과했었음을 얼마나 여러
번 깨달았던가. 돌아선 그의 등이 그의 인색함, 이중성, 비열함을
역력히 말해주고 있었으니!"

뒷모습만을 찍은 에두아르 부바의 사진들에
미셸 투르니에가 글을 붙인
『뒷모습』이라는 책의 서문에 나온 말입니다.
돌아선 나의 등에서 사람들은 무엇을 읽고 갈지,
등을 세우고 옷깃을 여미게 됩니다.

눈
빛 : 내면으로부터 새어 나오는 불빛

팔려가던 개의 원망과 서러움이 담긴 눈빛.
사랑 가득한 눈으로 나를 바라보던 취기 어린 눈빛.
카메라를 뚫어져라 응시하던 아프간 소녀의 강렬한 초록 눈빛.
몇 개의 잊을 수 없는 눈빛들이 있습니다.


"내가 다른 곳을 볼 때 날 바라보는 그의 눈빛이 좋아."


영화 「비포 선라이즈」에서 나온 셀린의 대사죠.
사랑은 눈빛과 눈빛이 서로 엇갈리고 만나고,
타오르고 식는 일이라는 걸
영화는 보여주는 것 같습니다.


눈은 유일하게 빛을 담는 몸의 기관,

눈빛은 내면으로부터 새어 나오는 불빛입니다.

나이가 들수록 눈빛을 믿게 됩니다.
눈빛은 가면을 쓰지 못하고, 눈빛은 포즈를 취하지 못하고
눈빛은 거짓을 말하지 못하기 때문입니다.
사랑하는 사람의 눈빛이 달라졌을 때만큼
마음이 무너지는 때가 또 있을까요.

간절한 눈빛, 슬픈 눈빛, 그윽한 눈빛, 흔들리는 눈빛……
몸과 관련된 말 중에서
어떤 수식어를 붙여도 어울리는 게 눈빛입니다.
그런 무수한 수식어들 중에서
사람들에게 나는 어떤 눈빛으로 기억될까요.
당신은 어떤 눈빛으로, 이 계절을 건너고 있습니까.

결    : 작정 없이, 거스름 없이 자연스럽게 흐르는 율동

목공예에서 사포질을 할 때 가장 중요한 건
나무의 결을 따라 문질러야 한다는 것.
거슬러서 직각 방향으로 문지를 경우
결이 일어나 거칠어지기 때문입니다.


나뭇결, 머릿결, 비단결, 살결……
그리고 마음에도 결이 있죠.
성품이나 목소리도 그렇고요.
사람마다 다 다른 결을 지니고 있습니다.


바람결에 꽃향기가 실려 오고, 그 바람이 물결을 일으킵니다.
바람결, 물결처럼……
잠결, 꿈결, 숨결처럼……

'결'이라는 말은 그렇습니다.
끝소리 'ㄹ'이 그런 것처럼 부드럽게 흐르는 것.
파동과 리듬을 지닌 것.

우리 택견의 동작도 그렇다고 합니다.
무술이지만 춤처럼 몸 안팎의 흐름을 따라 몸을 다스리는 행위,
그걸 통해서 마음의 결까지 닦는 수련인 것이죠.

엉겁결에, 무심결에, 어느 결에……
이런 부사어들에도 결이 들어가죠.
억지로 의도하거나 작정하지 않고,
흐름 속에서 자연스럽게 일어나는 일의 의미를 내포하고 있습니다.
나무를 문지를 때처럼, 머리칼을 가만히 쓰다듬는 것처럼
사람의 결을 헤아리는 일도 그래야 할 것 같습니다.

눈은 유일하게 빛을 담는 몸의 기관,
눈빛은 내면으로부터 새어 나오는 불빛입니다.

사랑하는 사람의 눈빛이 달라졌을 때만큼
마음이 무너지는 때가 또 있을까요.

누추한 생활 속에서 우리를 버티게 하는 한 조각

2차 대전 때 아우슈비츠에 수감됐던 의사 빅터 프랭클.

어느 날 작업하러 나갔다가 그는

흙 속에 파묻힌 유리병 조각을

몰래 바지 주머니에 숨겨 돌아옵니다.


너무나 절망한 나머지 손목이라도 그으려고 했던 걸까요.

오히려 정반대였죠.

그걸로 면도를 합니다.

식판에 얼굴을 비춰 보면서요.

결국 그는 살아남아 『죽음의 수용소에서』라는 증언을 남겼죠.


지하 700미터 갱 속에 갇혔다가

69일 만에 구출된 칠레 광부들 얘기도 들어보셨겠지요.

그들이 갱 속에서의 일을 들려줬을 때 가장 놀랐던 대목,
파블로 네루다와 가브리엘라 미스트랄의 시를 함께 낭송하며
그 긴 시간을 버텼다고 한 이야기였습니다.


삶이 칠흑의 막장 같아도
거기서 읽을 시 한 편쯤이면 될 겁니다.
주머니 속에 반짝이는
사금파리 조각쯤이면 될 겁니다.
우리를 버티게 하는 것,
스스로를 지키게 하는 것 말이지요.
생활이 아무리 남루하고 누추해도
꽃병을 놓을 자리 정도는 마련해야 하는 이유입니다.

이
름 : 지워지려는 것, 멀어지고 소멸하려는 것을 붙잡으려고

누군가의 이름을 간절하게 불러보던
그 어스름 녘이 누구에게나 있었겠지요.
누구에게 어떤 이름은 너무 사무치거나 아픈 것이어서
그의 이름을 발음하거나
다른 이의 입을 통해 그의 이름을 듣는 것만으로도
가슴에 예리한 통증이 일어납니다.

저녁에는, 이름을 부릅니다.

유년의 골목에는 '밥 먹어라' 이름을 부르던 저녁이 있습니다.
새들도 저녁이면 제 식구의 이름을 부르는지
여섯 시 무렵의 숲은 새소리로 가득합니다.

이름 명(名)이라는 한자는
저녁 석(夕)과 입 구(口)가 만나 이루어졌습니다.
어두워져서 모습이 보이지 않을 때 부르기 위해서 생겨난 게
바로 이름이 아닐까요.

어둠 속에서 이름을 불러서 거기 사람이 있음을 확인합니다.
지워지려는 것, 멀어지고 소멸하려는 것을 붙잡으려는 마음.
저녁에 이름을 부르는 일은 그래서 더욱 애틋하고 뭉클합니다.

구월의 저녁에 문득 그리운 이름들이 떠오르는 것도
그런 이유입니다.
한 영혼 맑은 시인이
벌써 애기 어머니 된 계집애들의 이름과,
가난한 이웃들의 이름을 불러보았듯이
다시 서로의 이름을 나지막이 부르는 사람들의 저녁입니다.

# 연필

: 우리를 미세하게 다른 존재로 이행시키는 가장 단순하고 간결한 사물

몸길이 대략 19센티미터, 지름 7밀리미터.

이 몸으로 한평생 갈 수 있는 길은 56킬로미터 정도라고 합니다.

어떤 장식도 물리친 단순함과 간결함을 좋아합니다.

그 몸에서 나는 은근한 향기를,

애인의 속삭임처럼 사각이는 그 소리를 좋아합니다.

얼마든지 지워져도 좋다는 강단과 여유로움을 또한 좋아합니다.

그리고 속에 품고 있는 흑심까지도요.

지하에서 캐낸 광물과

지상에서 자란 식물의 단단한 결합.

두 가지 다른 물성이 이토록 꼭 껴안은 채 누워 있습니다.

이 길쭉하니 외로우면서도 단호한 사물을,

사랑하지 않을 수 있을까요.

네, 연필입니다.
우리가 제일 처음 만난 필기구도 연필이었죠.
연필을 꼭 쥐고 세상을 받아쓰던 꼬마 아이는
이제 자라서 자기 내면의 소리들을 받아씁니다.
이것을 듣고 있는 동안 우리는 아주 미세하게
다른 존재로 이행합니다.

우리 자신 한 자루의 연필입니다.
HB, H, 그러니까 연필심의 강도는 우리 마음의 무르기일 겁니다.
당신은 어떤 연필인가요.

"파커 만년필에는 시가 많이 들어 있다, 1킬로미터나 죽"
시인 올라브 하우게는 이렇게 썼지요.
당신에게는 어떤 게 들어 있나요.

# 수 첩

: 문장이 되지 못한 생각들이 작품이 되기를 기다리는 장소

"잡지사의 원고료의 액수와 날짜, 사야 할 책 이름, 아이들의 학비 낼 날짜와 액수, 전화번호, 약 이름과 약방 이름, 외상 술값…… 이런 자질구레한 숫자와 암호 속에 우리들의 생활의 전부가 들어 있다고 해도 과언이 아니다."

김수영 시인이 쓴 「생활의 극복」이란 산문의 한 구절입니다.
'담뱃갑의 메모'란 부제가 붙었는데요,
시인에겐 담뱃갑이 수첩이었다고 하죠.

"특히나 정신적 암시들
전반적인 슬픔
메살리나의 어깨
불길하고, 소름 끼치는 인형들."

이건 보들레르의 수첩에 적힌 단상들입니다.
이 짧은 메모들은 어떻게 시에 녹아들거나 작품으로 발전됐을까요.

반 고흐, 헤밍웨이, 피카소…… 모두 수첩을 애용했다고 합니다.
하지만 작가나 기자 들도 요즘엔 수첩보다 휴대폰을 주로 쓰죠.
그래도 수첩만의 고유한 느낌까지 대체할 순 없을 겁니다.

'수첩'이라는 말과 그 어감처럼
손안에 쏙 들어와 꼭 쥐어지는 맛.
문장이 되지 못한 생각들, 사소한 정보와 약속 들만을 전담하는
수첩이라는 사물.

수첩에는 '쓰다'보단 '적다'란 표현이 더 어울립니다.
'쓰다'보다는 열린, 가능태에 가까운 말이죠.
오늘 수첩에 적어두었던 것들이
한 편의 작품으로 쓰이는 날이 꼭 오길 바랍니다.

# 서랍과 선반

: 문득 깨닫고 함구하는 사람처럼 이내 입술을 닫아버리는, 밤의 공간

: 할 말이 더 있다는 듯 보여줄 것이 있다는 듯 열린, 낮의 공간


우연하게도, 서랍의 성격은 서랍이라는 말을 닮았습니다.

서랍, 하고 가만히 발음해보면

서랍을 스르륵 당길 때처럼 입술이 열리고,

그 사이로 둥글게 몸을 만 혀가 굴러 나가려 합니다.

하지만 문득 깨닫고 함구하는 사람처럼

이내 입술을 닫아버립니다, 서랍이라는 말은.


반면에, 할 말이 더 있다는 듯 열린 상태.

선반이라는 말은 선반이라는 사물을 닮았네요.

글자의 생김새도 그래서,

두 음절의 'ㄴ' 받침들은 그 위에 뭔가를 올려놓은

선반처럼 보입니다.

보여주고 싶은 것들은 선반 위에 둡니다.

멋진 장식품이나, 빛나는 한때를 담은 액자 같은 것들이죠.

내보이기 꺼려지는 것들은 서랍을 차지합니다.

색 바랜 편지와 일기장, 쓸모없지만 소중해져버린 잡동사니들.


선반은 높은 자리에서 드러내고, 서랍은 낮은 곳에서 감춥니다.

선반은 대개 잘 정돈되어 있고, 서랍은 자주 어질러져 있습니다.

선반이 의식의 영역이라면 서랍은 무의식,

선반이 낮의 공간이라면 서랍은 밤의 공간일 겁니다.


누군가의 서랍에서는 사막의 모래가 흘러내립니다.

어떤 서랍 안에는 눈물에 불어가고 있는 마음,

깊숙한 구석엔 어쩌면 쓰다 만 시 같은 것도 있겠지요.

삶이 칠흑의 막장 같아도
거기서 읽을 시 한 편쯤이면
될 겁니다.

주머니 속에 반짝이는
사금파리 조각쯤이면 될 겁니다.
우리를 버티게 하는 것,
스스로를 지키게 하는 것 말이지요.

# 그
# 냥

: 설명할 수 없는 말들을 다 끌어안아주는 말

좋아하는 사람한테 전화를 겁니다.

왜 했냐고 그 사람이 묻습니다.

당신은 대답합니다.

그냥요, 그냥 했어요.


누가 "뭐 해?" 하고 물으면

"그냥 있어요"라고 대답할 때가 있지요.

또는 누군가의 이름을 그냥 한번 불러보고 싶을 때도요.


어떤 '그냥'은 때로 말할 수 없이 쓸쓸합니다.

누군가가 힘없이 "그냥요……"라고 말할 때,

그는 그것밖에 할 수 없기 때문에 그냥 그렇게 하는 거니까요.

그렇게밖에 말할 수 없는 그냥이라는 게 있는 거니까요.

그래서 그냥 걷고, 그래서 그냥…… 텅 비어 앉아 있습니다.

어쩌면 진실은 자주 '그냥' 속에 있습니다.
콕 집어 무어라 말할 수 없는 마음이라는 게 있으니까요.
계산하지 않고 그냥 주고 싶고,
이유 같은 거, 의미 같은 거 없이
그냥 그러고 싶을 때라는 게 있으니까요.

설명할 수 없는 말들을 다 끌어안아주는 말,
그냥의 헐렁함, 그냥의 너그러움, 그냥의 싱거움, 그냥의 무의미.
그러니까 그냥 읽는 책, 그냥 재미로 하는 일.
그리고 그냥 통하는 사람.
우리에겐 좀 더 많은 '그냥'이 필요합니다.

현
위
치

: 새로운 곳으로 나아가기 위해 나의 좌표를 파악하는 기준점

요즘엔 구글 지도로 손쉽게 해결할 수 있습니다만

모르는 곳에 가서 헤맬 때

거리 지도에서 먼저 찾아야 할 건 빨간색 삼각형입니다.

거기엔 이렇게 쓰여 있죠.

'현위치', 영어로는 You are here.

그 빨간 삼각형 표시는

나침반의 빨간색 화살표를 떠올리게도 합니다.

늘 북쪽을 가리키는 그 표시는 언제나 방위의 기준이 되죠.

낯선 도시 관광 안내판의 빨간 삼각형도 바로 그런 기준점입니다.

배낭여행 가서 길을 물을 때,

타국의 사람들이 지도를 짚어주며 하는 말 역시

"You are here."

나는 지금 어디에 있는가,
나의 위치를 먼저 파악하는 것.
지도를 읽는 일도, 새로운 곳으로 나아가는 일도
진짜 여행은 거기서부터 시작합니다.
거기서부터 목적지를 가늠하고, 방향을 찾고, 경로를 탐색합니다.

You are here!
이 말은 굉장히 철학적이고 실존적인 문장이기도 하네요.
내가 어디에 있는지 인생에서 나의 좌표를 확인하는 것.
가보지 않은 내일을 향해 발을 내딛는 우리가
먼저 해야 할 일이겠죠.
내가 어디 있는지 모를 때
삶에서 방향을 잃었을 때
가끔은 'You are here'라고 명쾌하게 짚어줄 손이 있다면
얼마나 좋을까요.

발
소
리

: 어두운 길 걸을 때 가장 의지와 위안이 되는

"한밤중에 길을 걸을 때 중요한 것은 다리도 날개도 아닌
곁에서 걷는 친구의 발소리다."
발터 벤야민이 한 말이라고 하죠.

어두운 길을 걸을 때 가장 무서운 건 빛이 보이지 않는 것보다
아무런 소리도 들리지 않는 일일 겁니다.
그땐 자신의 발자국 소리조차 무섭게 느껴지죠.
모르는 소리가 다가올 때라면 말할 것도 없겠죠.
하지만 그 소리가 친구의 발자국 소리일 때
세상에 그것만큼 위안이 되는 일이 또 있을까요.

어떤 이에게는 어두운 시대를 함께 걸어간다는 연대감,
어떤 이에겐 높은 봉우리를 향해 함께 오르는

동료 의식 같은 거겠죠.
또 누구에겐 인생을 나란히 걸어가는 동반자의
익숙한 발소리일 테고요.

종이 위에 글을 쓰는 소리는
누군가에게 다가가는 발소리처럼 들리기도 합니다.
고요한 밤에
그 문장들이 내게 걸어오는 발자국 소리를 듣습니다.
그건 마치 싸락눈 소리처럼 작고 미약하지요.
하지만 홀로 깨어 쓸쓸한 어떤 사람에겐
위안과 설렘이 되기도 하지 않을까요?

기
억   : 마음으로 감싸 안은 소리를 마음에 다시 쓰는 행위


'추억'이나 '기억'이라는 말에 쓰이는 한자 생각할 억(憶)에는
마음 심(心)이 두 개나 들어 있습니다.
소리 음(音)을 가운데 두고
마음이 옆에서, 그리고 아래에서 감싸고 있는 모습이죠.
그렇게 마음으로 감싸인 소리를 그저 '따라가'보는 게 추억이라면,
그 소리를 마음에 다시 힘주어 '쓰는' 행위가 기억일 겁니다.


그러니까 기억의 반대는, 마음에서 그 소리를 지우는 일이 되겠죠.
영화 「코코」에서
죽은 자들의 세상과 산 자들의 세상을 이어주는 건 기억입니다.
죽은 자들은 영혼이지만 사후 세계에서도 자유롭게 살아가는데,
그들이 진짜 죽는 건
자신을 기억하는 사람이 한 명도 남지 않게 될 때죠.

그 누구의 마음속에도 다시 쓰이지 못할 때
존재 자체는 영원히 소멸되고 맙니다.
영화에서 가장 가슴 아픈 장면 중 하나였습니다.

한편으로, 기억 때문에 우리는 슬픔에 사로잡히고
기억 때문에 이불을 차며 잠 못 들기도 하지요.
"인간이 번뇌가 많은 까닭은 기억력 때문이라 한다.
그해부터 난 많은 일을 잊고 복사꽃을 좋아한 것만 기억했다."
영화 「동사서독」에서 나왔던 이 말처럼요.

기억은 번뇌이고 동시에 구원이기도 합니다.
복사꽃이야 될 수 없겠지만
먼 훗날 나는, 누군가의 마음에서 어떤 존재로 쓰일까.
지난 사랑에게 나는 어떤 사람으로 기억되고 있을까.
생각하면 무겁고, 또 무서운 일입니다.

@ : 가장 쓸모없어 보여서 가장 널리 쓰이게 된 것

네덜란드인들은 '원숭이 꼬리'라고 부릅니다.
독일인들은 '거미 원숭이', 그리스 사람들은 '작은 오리',
또 러시아 사람들은 '강아지'라고 한다네요.

인터넷을 이용하는 사람이라면
거의 하나씩은 이걸 가지고 있습니다.
우리는 골뱅이라고 부르는 이것.
영어로는 at, 이메일 주소에 쓰는 기호죠.

이 @의 기원, 중세까지 거슬러 올라간다고 해요.
인쇄술이 없던 때 책을 만들려면 일일이 손으로 베껴 써야 했는데
당시 수도사들이 at을 손쉽게 쓰려고
a에 동그라미를 둘러서 줄여 쓰게 된 거라고요.

타자기가 처음 만들어졌을 때부터 키보드에 들어가 있긴 했지만
나라마다 달리 부른 데서 짐작할 수 있듯
사람들은 그 정확한 이름을 몰랐었죠.
이게 유명해진 건 전자우편을 개발한 레이먼드 톰 린슨 덕인데
그가 이메일 체계를 만들기 위해서 이 기호를 선택한
이유가 재밌습니다.
그건 바로 '가장 쓸모없어 보여서'였다고 합니다.

쓸모없어 보이는 것의 쓸모를 만들어주는 사람,
묵은 먼지를 털어내고 쓰임새를 찾아주는 사람,
내 안의 빛과 색을 발견해주는 사람.
우리도 바로 그런 사람에게 호명되길 기다리는
익명의 부호가 아닐까요.

# 낯설게 하기

: 익숙한 것들을 새롭게 감각하는 방법

긴 여행에서 돌아왔을 때
혹은 오래 앓고 일어났을 때
늘 보던 동네, 매일 다니던 길, 심지어는 내 집과 물건들조차
조금 낯설게 느껴질 때가 있습니다.
낯선 곳에 다녀온 건 나인데
낯설게 감각되는 건 원래 거기 있던 것들이지요.

'무궁화꽃이 피었습니다' 놀이를 할 때,
술래가 되어 눈을 감고 있다 뒤를 돌아본 순간처럼
위치도 동작도 표정도 어딘가 달라 보입니다.

문학 용어 중에 '낯설게 하기' 기법이란 게 있죠.
여행은 일상의 낯설게 하기 방법 중 하나일 겁니다.

독서라는 것도 가끔 그렇습니다.

특히 강렬한 울림을 준 책, 혹은 내면을 고요히 흔드는 어떤 구절.

그런 걸 만났을 때는 일단 책을 내려놓게 됩니다.

그리고 주변을 천천히 둘러보게 됩니다.

주변의 시간은 멈춘 것처럼 느껴지고

많은 것들이 새롭게 느껴지고 다르게 보입니다.

때로는 들리지 않던 소리가 들리고

보이지 않던 것들이 보이기도 하죠.


그걸 감각하고 인식하는 자신도

조금 다른 곳으로 옮겨져 있습니다.

그 느낌이, 그때의 '나'가 참 좋습니다.

그냥의 헐렁함, 그냥의 너그러움, 그냥의 싱거움, 그냥의 무의미.

그러니까 그냥 읽는 책, 그냥 재미로 하는 일

설명할 수 없는 말들을 다 끌어안아주는 말.

그리고 그냥 통하는 사람.


우리에겐 좀 더 많은 '그냥'이 필요합니다.

지금 붉지 않다 하여도

# 춘화현상

: 일정 기간 추위를 겪어야만 꽃을 피우거나 결실을 맺는 일

"엄마, 튤립은 따뜻한 걸 좋아하는데 왜 지금처럼 추울 때 심어요?"
"튤립한테 겨울을 확실히 가르쳐주지 않으면 봄이 와도 모를 수
있잖아. (……) 지금부터 심어서 땅속에서 겨울을 나야 예쁜 튤립
이 핀단다."

핀란드의 대표적 동화 작가 토베 얀손의 그림동화
『무민의 단짝 친구』에 나오는 이야기입니다.


'춘화현상'이라고 한다죠.
일정 기간 4도 이하의 저온을 거쳐야만
식물이 꽃을 피우거나 결실을 맺는 것.
튤립이나 히아신스 같은 알뿌리식물,
그리고 목련이나 개나리 같은 이른 봄의 꽃들이 그렇습니다.

그래서 겨울잠을 자기 시작한 목련을
바로 온실로 옮겨서 봄과 같은 조건을 만들어줘도
꽃을 피우지 않는다고 합니다.
겨울 추위를 겪고 난 뒤, 기온이 10도 이상 될 때라야
비로소 천천히 잠을 깬다고 하네요.
호랑나비도 얇은 키틴질 번데기 속에서 혹한을 난 뒤에
날개를 펴고 부화를 하죠.

그런데 춘화현상의 '춘화'라는 말,
봄꽃이란 뜻이겠지 생각했는데 아니었습니다.
봄 춘(春), 될 화(化), 그러니까 '봄이 되는' 현상.

봄은 어떻게 되는가, 무엇이 봄이 되게 하는가.
그런 생각을 하면 우리의 겨울도
조금은 견딜 만해질는지 모르겠습니다.

꽃
샘        : 꽃이 샘솟을 봄에 대한 확신이 있기 때문에

삼월 꽃샘바람이 불 때면 제주 사람들은
바람신을 위한 축제를 펼칩니다.

음력 이월에 바람이 변덕스럽고 매워지는 건
바람을 주관하는 영등할망이 찾아오기 때문인데
들과 바다에 전복 씨, 소라 씨 같은 씨를 뿌려주러 오는
그 영등신을 잘 대접해서 보내야
풍농과 풍어가 이루어진다고 믿어서입니다.

삼월 바람엔 살을 파고드는 맵싸함이 있지요.
이젠 봄이구나, 하고 얼마간 무장해제 된 상태로 맞기 때문에
체감온도가 더 낮게 느껴지는 건데요.
더구나 바람의 섬, 제주 찬바람이야 오죽하겠습니까.

그런 바람에 선의의 해석을 달아서 축제로 만든 마음,
그 한 켠엔 본격적으로 시작될 농사와 고기잡이를 앞두고
이웃들끼리 서로 격려하고 축복하는 의미도 있습니다.

바람이 아무리 맵기로서니 그래봐야 꽃샘인걸요.
게다가 '꽃샘'이라는 말 얼마나 이쁜가요.
꽃샘, 꽃샘…… 하니까 꽃이 솟는 우물 같기도 하고
꽃 같은 선생님 부르는 말 같기도 하고요.
매운 추위에 이런 이름을 붙여준 건
봄에 대한 확신이 있었기 때문일 겁니다.

지금 그 사람이 힘든 건 어쩌면 꽃샘바람 때문인지 모릅니다.
그런 누군가에게 내일은 프리지어를 한 묶음 건네도 좋겠습니다.
'당신의 시작을 응원합니다.'
이런 꽃말을 숨긴 꽃이라고 하니까요.

삶에서 가장 필수적인 것들.

생존의 최소 조건이라고 하는 의, 식, 주는

우리말로 옷, 밥, 집.

모두 한 글자로 된 단어들입니다.


우연하게도 눈, 코, 입, 귀, 손, 발, 등, 배 같은

우리 신체의 주요 부위들도 모두 한 음절의 낱말들이네요.

살과 뼈, 피 같은 말도 그렇고요.


한 음절의 말들은

그가 표상하는 모든 것을 그 혼자서 감당하기 때문에 외롭습니다.

그렇지만 그 모두를 홀로 거느리고 있기 때문에 의연합니다.

간절한 것들은 짧습니다.

그걸 호명하느라 지체될 시간조차 최소화하려는 듯.

그것들은 그만큼 긴급하기 때문일까요.

누군가에겐 '물', 누군가에겐 '피'.

'숨'이나 '잠', '약'이나 '술', '시'나 '책' 같은 말들도 그럴 때가 있죠.

그 누군가에겐

'너'라는 말이 그럴 겁니다.


그 어떤 이에게 또 얼마나 간절했으면

이 한 음절이 되었을까요.

유독 이 계절만 말입니다.

봄!

봄이 그래서, 오나봅니다.

청
춘 : 마음속에서 무언가 자꾸 돋아나는 '솟'의 시기

가을을 의미하는 영어 fall에 '떨어지다'란 뜻이 있다면,
거꾸로 봄을 의미하는 spring엔 '튀어 오르다'란 뜻이 있죠.
spring엔 또 용수철, 샘물, 도약, 청춘이라는 의미도 있는데요
튀어 오르고, 솟아나고, 뛰어오르는 '상향'의 이미지들입니다.

한의학에서는 봄을 '발진(發陳)'의 계절이라고 한다는데
묵은 것으로부터 솟아나 펼친다는 뜻이죠.
식물들은 중력을 이기고 위로 싹을 틔웁니다.
대지에선 아지랑이가 피어오릅니다.

봄은 이렇게 생명의 기운이 위로 향하는 계절,
솟아오르는 계절입니다.
게다가 '솟다'의 어근이 되는 '솟'이란 글자,

모양부터가 위로 향하는 형상을 하고 있습니다.
가지 끝에서 뾰족이 돋는 새순 같기도 하고요.

이가 솟으려고 잇몸이 가려운 것처럼
가슴속에서도 무언가가 자꾸 솟아나서 몸이 근지러운 시기.
그걸 청춘이라고 부릅니다.
그러니까 '청춘이 끝났다', '봄날이 간다' 하는 건
물리적으로 늙어갈 때가 아니라
마음속에서 더 이상 뭔가 솟아나는 게 없을 때,
그때가 아닐까요.

꽃
지
는
날
　: 향기로운 꽃술을 드리웠던 우리의 짧은 사랑

서울에 다녀온 사이
토지문화관 앞뜰에 피었던 작약 꽃잎이 벌써 떨어지고 있습니다.
그리스신화에서 작약은 신들의 상처를 치료하던 꽃이라고 해요.
'작약(芍藥)'이란 이름이 이미 누설하고 있는 것처럼
통증을 멈추게도 하고, 경련에도 좋다고 해서
동양에선 5대 약재 중 하나로 꼽힌다고 하죠.

어릴 적 시골집 화단에 붉고 뾰족한 작약 싹이 올라왔을 때의 설렘,
그 싹이 자라 크고 탐스러운 향기를 피울 때의 환희를 기억합니다.
한 송이의 그 우아한 자족.

작약을 유난히 좋아해서
조화(造花)를 살 일이 있을 때도 작약꽃을 찾곤 합니다.

그런 내 마음 때문이겠죠.
오늘은 작약꽃 지는 모습이 마음 심(心)자처럼 보입니다.

心
달리 보면 또 눈물을 흘리는 모습 같기도 합니다.
꽃 지는 것 보면 울고 싶어지는 게 바로 사람의 마음이라고,
마음이란 그런 거 아니냐고
함부로 제멋대로 뜻풀이를 한다면 그것도 봄이 시킨 일.

마음 이야기가 나와서 말인데요.
마음이 세 개나 모여 이루어진 글자를 혹시 알고 있는지요?
惢
'꽃술 쇄'라는 글자입니다.

그런데 정말로 그렇게 보이지 않나요?
암술 수술에 꽃잎들 모여 한 숭어리 꽃처럼 생긴 글자입니다.
그 옛날 이 글자가 태어날 때는
꽃술이 모여 있거나 꽃이 점점이 핀 모양을 따서 만들어졌겠지만
그게 다만 지시 대상과 지시어의 형태적 유사성 때문이었을까요.

마음과 마음과 마음이 모이면 그것으로 꽃이지요.
나의 마음과 당신의 마음이 만나 꽃을 피우는

마음의 변증법을 생각합니다.
아니 꽃은 마음입니다.

수로 부인에게 벼랑의 꽃을 꺾어 바쳤던 저 옛날의 노인으로부터
우리는 마음을 전하려고 할 때 꽃을 준비하니까요.
마음을 대신하는 것 중에 꽃만 한 게 있을까요.

그리고 지는 꽃 앞에서 울기에 시인만 한 사람이 있을까요.
"꽃이 지는 아침은
울고 싶어라"
조지훈은 이런 절창을 남겼고
"삼백예순 날 하냥 섭섭해 우옵내다"
모란이 지고 난 자리에서 김영랑은 탄식했죠.

삼백예순 날을 운다고 했던 건
아마도 모란이 1년 중 고작 닷새 정도만 피어 있기 때문일까요.
화무십일홍, 열흘도 못 버티고 지는 꽃이란 얼마나 야속한가요.
꽃이야 여름에도 가을에도 피는 거지만
봄꽃을 유난히 기다리고, 봄꽃에 유난히 환해지고
꽃 지는 게 유난히 섭섭한 것도 바로 화무십일홍,
그 짧은 절정 때문이겠죠.

낙화유수, 일장춘몽, 화무십일홍……

잠깐 빛나고 사라질 이 삶이 그럼에도,

아니 그렇기에 더 아름다워서겠죠.

마음에 향기로운 꽃술을 드리웠던

우리들의 짧은 사랑도.


탐스럽던 꽃술들 바람에 흩어지고 있습니다.

조용히 우는 사람처럼 작약꽃 지고 있습니다.

바람이 아무리 맵기로서니
그래봐야 꽃샘인걸요.
지금 그 사람이 힘든 건 어쩌면
꽃샘바람 때문인지 모릅니다.
그런 누군가에게 내일은
프리지어를 한 묶음 건네도 좋겠습니다.

'당신의 시작을 응원합니다.'
이런 꽃말을 숨긴 꽃이라고 하니까요.

초
여
름   : 잠깐 빛나는, '아직'과 '풋'의 시간

'코모레비(こもれび)'.

나뭇잎 사이로 비쳐드는 햇살은 맑고

윤기 흐르는 잎들은 반짝입니다.

바람은 적당히 부드럽고 적당히 산뜻해서

미풍이라는 말이 가장 어울리는 계절.


저녁이면 서늘한 청량감이 찾아와서

'맥주나 한잔 할까요?'

말 꺼내기 좋은 계절.

창을 열어둔 술집에서 너무 많은 말을 하지 않고

지나가는 사람들을 구경하기에도 참 좋지요.

그리고 점점 밀려나며 깊어지는 푸른 밤이 우리를 포옹할 때

면 바다에선 더러 물결이 높게 일기도 할 겁니다.

잎들은 아직 완전히 자라 진초록에 이르지 않았고
눅눅한 장마도 찌는 더위도 아직은 시작되기 전.
초여름은 그런 '아직'과 '풋'의 계절입니다.

초여름이라는 말,
어감부터 싱그러움과 풋풋함을 품고 있는 것 같습니다.
어디선가 박하 향이 나는 것도 같달까요.
유월 은사시잎처럼 빛났던 한 시절,
풋사랑조차 아름다웠던 20대의 어느 날처럼 말입니다.
1년 중의 그런 며칠, 어떻게 보내고 계실까요.

하
안
거    : 전선과도 같은 일상에서 잠시 철수해 내면을 마주하는 일

음력 사월 보름부터 칠월 보름까지 석 달.

불가에서는 하안거 기간입니다.

석가가 살았던 인도의 우기는 덥고 습하기 때문에

탁발도 쉽지 않았겠죠.

그래서 한곳에 머물러 수행을 했던 게 그 유래입니다.


'안거', 편안히 있음.

늘 발이 부어 있던, 그래서 그만 주저앉고 싶던 청춘의 어떤 시기에,

혹은 평안을 구하였으나 마음은 사납게 나부낄 때,

그런 때 이것만큼 필요한 게 또 있을까요.


가톨릭에는 '피정'이라는 말이 있습니다.

피소정념(避騷靜念) 혹은 피세정수(避世靜修)의 준말로

세상의 소란을 피해 묵상과 침묵 기도를 통해서
내면을 살피는 수련입니다.

피정(避靜), 피하여 고요해짐.
영어로는 '후퇴하다', '철수하다', '물러나다'란 뜻의 retreat입니다.
전선과도 같은 일상에서 잠시 철수하는 것,
세상을 피해 조용히 내면을 마주하는 것.
그리하여 언어로부터의 피정, 시계로부터의 피정.
그리고 침묵 속의 안거, 자신 속의 안거.
올여름의 피서는 그런 것이었으면 합니다.

: 눅눅해진 마음을 꺼내 바람에 말리고 햇볕을 쬐일 때

"바람이 분다, 살아야겠다."

폴 발레리의 마음속에 이 시구절이 떠오른 순간은
혹시 구월 이맘때가 아니었을까요.
구월의 저녁, 목덜미를 스치는 바람 속에는
'생의 감각'이란 걸 깨우는 성분이 들어 있는 것만 같으니까요.
"파도로 달려가 다시 생생하게 솟아나자."
발레리가 뒤이어 썼던 그런 다짐 같은 마음이 새삼 일곤 하니까요.

그러니 『위대한 개츠비』에서 조던도 데이지에게
이렇게 말했던 거겠죠.
"유난 떨지 마. 가을이 돼서 날씨가 상쾌해지면 인생은 다시 시작
되니까."

이런 바람이 불 때, 옛사람들은 책을 말리곤 했습니다.

그걸 '포쇄' 혹은 '쇄서'라고 불렀다죠.

여름내 눅눅해진 옷이나 책을 꺼내서

선선한 바람에 말리고, 좋은 햇볕을 쬐이는 오랜 의식.

제법 중요한 일이었던 모양입니다.

포쇄청이라는 곳이 있어서 청명한 길일을 택했고

담당 관리들은 관복을 입고 네 번 절을 한 다음에

서고에서 책을 꺼내 정성스럽게 포쇄를 했다고 하니까요.


구월은 그 무엇을 하기에도 적당히 좋은 계절이지만

다시 잘 살아보기 위해서라면

마음의 포쇄를 먼저 해야 하지 않을까요.

눅눅해진 곳, 곰팡이 핀 자리마다

바람을 쐬이고 햇빛을 쬐이고

책을 닦듯이 마음을 닦아보는 일 말입니다.

가을 : 고된 여름 잘 견뎠다 어루만져주는 부드러운 손길 같은 말

새벽 세 시, 차가워진 팔을 만져보며 열어뒀던 창을 닫습니다.

창밖에는 언제부턴가 먼저 와서 울고 있는 풀벌레가 있고

저녁나절엔 언뜻, 누가 방금 다녀간 자리처럼

가을 냄새를 맡았던 것도 같습니다.


가을은 바람으로 옵니다.

선선해진 그 바람은

여지없이 마음 어딘가를 쓸쓸하게 쓸어보고 갑니다.

가을은 하늘로 옵니다.

깊어진 하늘에는 구름과 노을이 신의 마티에르처럼 펼쳐집니다.

가을은 빛으로 옵니다.

그 환함은 그러나 오래지 않을 것이기에 또 조금 적요로워집니다.

불볕, 땡볕, 폭염, 이런 따갑고 거친 단어들 뒤에 오는
'가을'이라는 말은 또 얼마나 그윽하고 부드러운지
가을은, 고된 여름 잘 견뎠다고 어루만져주는 손길 같은 단어입니다.

시인은 가을엔 사랑하고 기도하고
가을엔 홀로 있게 하라고 기도합니다.
릴케의 「가을날」 역시 기도의 형식이지요.

"적막의 포로가 되는 것
궁금한 게 없이 게을러지는 것
아무 이유 없이 걷는 것"
그리고 "혼자 우는 것"
안도현 시인의 「가을의 소원」*입니다.

가을은 그런 기도와 소망과 새로운 바람의 계절인가봅니다.
여러분의 가을 수첩엔 어떤 것들이 적혀 있을까요.

• 안도현, 『간절하게 참 철없이』, 창비, 2008

**빨강** : 지금 붉지 않더라도 드러날 때를 기다리는 당신의 색깔

가을은 붉은 열매의 계절입니다.
사과나 대추, 석류 같은 과일은 물론이고
산수유, 구기자, 호랑가시나무, 또 이름 모르는 작은 열매들이
가을 햇살 속에 저마다의 빨강을 이루어갑니다.

사과의 빨강과 토마토의 빨강, 같으면서도 다릅니다.
색소 때문이죠.
토마토나 복숭아 같은 여름 과일의 빨강은
'라이코펜'이라는 색소에 의한 것으로
햇빛을 받는 시간이 길고 고온인 조건에서 발현됩니다.

반면 사과의 빨강은 '안토시아닌' 색소 때문인데
짧은 일조시간과 낮은 온도에서 드러나게 된다고 합니다.

사과가 익어가는 시기가

해가 짧아지고 날이 선선해질 때인 것은 그런 이유죠.


가을이 깊어질 때 비로소 단풍이 드는 것도 마찬가지 원리입니다.

엽록소에 가려져 있던 안토시아닌이

'단일 저온' 조건에서 드러나게 되는 게

바로 '물이 드는' 현상이니까요.


빨강은 열정과 창조, 사랑, 생명력을 상징하는 색이기도 하죠.

그런데 나의 빨강은 토마토의 빨강일까요,

사과나 단풍잎의 빨강일까요.

중요한 건 누구나 자기 속에 빨강을 지니고 있다는 것.

그러니까 지금 붉지 않다고 하더라도

아직 그것이 발현될 적절한 때를 만나지 못해서인지 모릅니다.

'맥주나 한잔 할까요'
　　말 꺼내기 좋은 계절.

창을 열어둔 술집에서
　　너무 많은 말을 하지 않고

지나가는 사람들을
　　구경하기에도 참 좋지요.




초여름이라는 말,



어디선가 박하 향이
　　나는 것 같은 말.

가을하다 : 어제의 땀을 거두어 내일의 씨앗을 마련하다

'농부아사 침궐종자(農夫餓死 枕厥種子)'란 말 들어보셨는지요.
농부는 굶어 죽더라도 그 종자를 베고 죽는다,
그러니까 죽는 한이 있더라도 씨앗만은 꼭 보관해야 한다는 뜻.
비슷한 말로 주역에는 '씨 과실은 먹지 않는다',
석과불식(碩果不食)이라는 말이 있죠.

우리말에 '가을하다'라는 동사가 있는 것 혹시 알고 계셨나요.
벼나 보리 같은 농작물을 거둬들이는 것을 뜻하는 단어입니다.
상강, 입동이 멀지 않았으니까
농부들은 그야말로 가을하느라 바쁜 막바지겠네요.
그렇게 거둔 것들 중 좋은 것들은 또 씨앗으로 남길 테고요.

농부가 베개 아래 씨앗을 두는 것처럼,

지난 계절 우리 머리맡에 몇 권의 책이 놓여 있었다면
그리 가난한 농사만은 아니었다, 슬며시 위안해봅니다.

불빛 아래 검은 글자들은 씨앗을 닮기도 했습니다.
이 씨앗들이 어느 날, 내 속에서 싹을 틔워서
커다란 숲을 이룰지도 모를 일입니다.
손톱만 한 도토리 속에 아름드리 굴참나무가 들어 있는 것처럼.

함안의 유적지에서 발굴된 어떤 연꽃 씨앗은
760년 만에 꽃을 피웠다고 하죠.
씨앗의 견딤, 씨앗의 고독, 또 씨앗이라는 비밀…….
한 톨 씨앗에게서도 배우는 계절입니다.

: 속을 비워가는 만물에게 수고했다고 말해주고 싶은 달

젖은 잎들 위로 다시 찬비가 내립니다.
가을비와 서리 젖은 낙엽들 때문일까요.
십일월의 대기에선 차(茶) 냄새 같은 게 납니다.
그 향기는 먼 듯 깊고, 또 깨끗합니다.

겨울은 대지의 금식 기도 기간입니다.
곡기를 끊은 사람처럼 대지는 점점 속을 비워가고
그 꺼칠한 얼굴을 쓸어보듯 바람이 붑니다.

농부들은 종자로 쓸 씨앗들을 가려, 높이 걸어둡니다.
서점엔 내년 달력과 다이어리도 일찌감치 나와 있겠죠.

아이들 돌아가고 난 놀이터 같은 들판과

잎 지고 아직 눈 덮지 못한 나목들과
산맥을 넘어온 날개들, 그리고
비 맞고 서 있는 재활용품 가게의 냉장고 같은 것들에게도
수고했다고 말해주고 싶어지는 계절입니다.

또 이런 날에 누군가는 한뎃잠을 자고
누군가는 살얼음처럼 아픕니다.
그 누군가에게
주머니 속 작은 손난로나 곁불 같은 게 되어도 좋겠지요.

# 만추

: 지고 난 뒤 드러나는 단순하지만 본질적인 아름다움

서둘러 찾아온 어둠에 마음도 다급해집니다.

정체 모를 불안이 엄습해와서 괜히 서성이고 뒤척이게도 됩니다.

어딘가 기어이 빈 곳이 남으리라는,

혹은 결국 해내지 못할 거라는 어떤 불능감 같은 것 말입니다.


해변의 플라스틱 의자는 삭아가고,

제비와 거미의 집은 헐어갑니다.

풀들은 시들어 숲은 성글고,

한해살이 곤충들은 곧 바스러질 겁니다.


그렇게 기울고 이울고, 헐고 삭는 것

여위고 사위는 것, 시들고 쇠하는 것

그래서 쓸쓸하고 적막한 십일월의 단어들입니다.

하지만 꼭 그렇기만 할까요.

"열린 귀는 들으리라.
한때 무성하던 것이 져버린 이 가을의 텅 빈 들녘에서
끝없이 밀려드는 소리 없는 소리를, 자기 시간의 꽃들을."

법정 스님이 남긴 이 말은
와비사비(わびさび)의 아름다움과도 통하는 것 같습니다.
단순하지만 본질적인 것을 의미하는 '와비', 그리고
시간의 흔적을 받아들인 낡고 오래된 것을 가리키는 '사비'의 합성어.
그런 아름다움을 알아차리고 음미하는 태도까지를 지칭하는 말,
'와비사비'가 만추만큼 어울릴 때가 있을까요.

지고 난 뒤 드러나는 단순하지만 본질적인 아름다움,
바래가는 것들의 아름다움을 발견하고
오래 보아주는 십일월이 되면 좋겠습니다.

# 입동

서리가 내리고 얼기 시작하는 땅에
비로소 뿌리를 내리는 몸들이 있습니다.
파와 마늘, 보리와 밀, 시금치 같은 것들.
월동 작물이라고 부르는 것들이지요.
이런 작물을 심는 건 봄이 아니라 입동 즈음입니다.

그렇게 파종된 것들은 입춘 무렵이 되면
무채색 대지에 가장 먼저 초록을 리필하기 시작합니다.
튤립이나 수선화 같은 구근식물을 심는 것도 이 즈음의 일입니다.

만물이 쇠하고 모든 게 거두어진 땅에 씨앗을 심는 일.
가장 쓸쓸한 시절에 가장 먼저 봄을 준비하는 일.

차갑고 캄캄한 땅을 더듬어 내딛는 흰 발과

칼바람과 눈보라 사이로 밀어 올리는 푸른 촉.


그런 것들에 대해 생각하게 됩니다.

그러노라면 이렇게 한데서 겨울을 난 몸들이

유독 맵고 아리면서도 달고 환한 이유를 알 것도 같습니다.


만추의 파종처럼,

풍경이 가장 쓸쓸해지는 이맘때가 실은

그 쓸쓸함의 힘으로 무언가를 하기에 제일 좋은 때이기도 하죠.

그 무언가란 자기 자신에게로 돌아오는 일.

책을 읽거나 글을 쓰는 것처럼

추운 땅에 구근을 심는 일일 겁니다.

# 키스 앤 크라이 존

: 삶의 얼음판에서 내려와 숨을 고르거나 참았던 눈물을 터뜨릴 수 있는 곳

선수는 터질 것 같던 심장을 진정시키며 숨을 고릅니다.
그곳에서는 안도와 기대, 초조와 불안, 실망과 환호가 교차하겠죠.
혹은 아쉽고 속상해서 터진 눈물이 멈추지 않습니다.

코치는 선수의 어깨를 감싸거나 손을 잡아주고, 등을 토닥여줍니다.
'수고했어. 잘했어. 괜찮아, 최선을 다했잖아!'

'키스 앤 크라이 존(kiss and cry zone)'이라고 하죠.
피겨스케이팅에서 경기를 마친 선수가 점수를 기다리며 대기하는 곳.
참았던 눈물을 터뜨리거나 숨을 고르는 곳이기도 하지요.

한때는 엄마의 품이, 다락방이나 내 작은 방이 그런 곳이었습니다.
밤이라는 시간이 또한 그럴 겁니다.

322

스케이트화처럼 높고 불편한 힐을 벗고, 넥타이를 풀 수 있는 시간.

밤은 당신을 숨겨주듯 어둠의 아늑함으로 포옹하고,

이마에 입을 맞춰주니까요.


오늘도 실수를 했습니다.

비난을 들었고, 문책을 당했습니다.

하지만 아무렇지도 않은 것처럼,

엉덩방아를 찧은 얼음판 위에서 일어나 연기를 이어가야만 했지요.

마침내 음악이 끝나고, 손을 흔들어 웃어 보이며 인사를 하고······.


한 해 동안 그렇게 또 숨 가쁘게 살아왔습니다.

아마 어떤 식으로든 1년에 대한 평가는 기다리고 있겠지만

잠시나마 그야말로 '키스 앤 크라이'.

우리의 세밑은 그랬으면 합니다.

: 내 삶에 생각보다 많은 이름들이 관계되어 있음을 기억하는 달

본문이 끝나고 붙은, 책의 맨 마지막 페이지.
혹은 영화가 끝난 뒤 올라가는 엔딩 크레디트.
몇 가지 출판 정보가 기록된 그 마지막 페이지까지 들여다보거나
화면 위로 줄줄이 올라가는 관계자들의 이름까지 챙겨 보는 사람,
별로 없을 겁니다.

십이월이 그런 것 같습니다.
분주하고 들떠서 사람들은 무심하게 책장을 덮거나
엔딩 곡이 흐르는 극장을 서둘러 빠져나갑니다.

십이월엔 그러면 어떨까요.
마지막 페이지의 몇 줄까지 읽어보는 겁니다.
편집자와 디자이너의 이름,

인쇄되고 발행된 날짜 같은 것들이 있을 겁니다.

극장의 어둠 속에 좀 더 머물러봅니다.

내 인생의 수많은 조연과 스태프,

그리고 후원자와 투자자 이름을 챙겨봅니다.

스토리를 따라가기 바빠서 이해하지 못했던 장면과 대사 들을

되새겨보아도 좋겠지요.


십이월이라고 특별해야 할 건 없지만

십이월의 마음이란 그런 것이면 더 좋겠습니다.

음반 부클릿 '땡스 투' 명단에 넣을 얼굴들을 떠올리는 것처럼.

그토록 많은 이름들이 내 삶에 관계되어 있음을 기억하는 것처럼.

불빛 아래 검은 글자들은 씨앗을 닮기도 했습니다.

이 씨앗들이 어느 날, 내 속에서 싹을 틔워서
커다란 숲을 이룰지도 모를 일입니다.
손톱만 한 도토리 속에 아름드리 굴참나무가 들어 있는 것처럼.

# 그날 당신이 내게 말을 걸어서

**초판 1쇄 발행**  2019년 2월 14일  **초판 5쇄 발행**  2024년 11월 7일

**지은이**  허은실
**펴낸이**  최순영

**출판1 본부장**  한수미
**라이프 팀장**  곽지희
**디자인**  김준영

**펴낸곳**  ㈜위즈덤하우스  **출판등록**  2000년 5월 23일 제13-1071호
**주소**  서울특별시 마포구 양화로 19 합정오피스빌딩 17층
**전화**  02) 2179-5600  **홈페이지**  www.wisdomhouse.co.kr

ISBN  979-11-89709-68-6 03810